S P R I N G

每一本好書都是一顆種子，
春天播種在你的心田夢土上。

Spring

S P R I N G

每一本好書都是一顆種子，
春天播種在你的心田夢土上。

微暗姊妹

春子 HARUKO 著

作者序

這個故事早在多年前就存放於我心底了。我有一個姊姊，一個幾近完美的姊姊，從小她是我學習的模範，愛讀書的姊姊，愛音樂的姊姊，家教好的姊姊，個性好的姊姊，美麗可人的姊姊，伶俐聰慧的姊姊，對她我有著幾分欽羨、幾分依賴、幾分嫉妒、幾分怨懟，某一年我對父親說，我可能聯考會考得不理想，因為我自己清楚再如何努力也不會有姊姊的好成績，父親氣惱，認為我這是放棄的行為，我不敢跟父親說，優秀的姊姊才能滿足他的期待，因為我最愛的是她，我唯一的姊姊，自小我的天馬行空，也只有她能夠全然理解，也謝謝她，我才得以走向創作的道路。

當然在故事裡的姊姊，不全然是我的姊姊，故事裡的妹妹，更非我自己，這本書想詮釋的是女人之間無法言喻的情感，並且我深信每個人心底都有一個角落，躲藏著微微的幽暗，那不會是強烈的陰鬱，而是淡淡的憂愁，我相信那是每個人都想隱藏起來的秘密，那是微暗的，不全然的黑暗，而是泛著綿綿細膩的哀傷。

從動筆創作這個故事開始，到她逐漸展現其自己的生命，幾經停頓，幾經修改，想把愛情裡的各種風貌都交給這對姊妹來詮釋，我想是我太貪心了，以至於故事走到中途時，呈現過度的低潮，身為射手座的我，再度重新檢閱這個故事時，正巧也面臨我人生中的重大轉折，感激身邊每一位鼓勵我的朋友，沉澱過後的心境，再次動筆撰寫故事，於是她枝繁葉茂的更具生命，更臻完美。

春子

微暗姊妹

親愛的妹妹，我愛你。

楔子

陽光是一把拆信刀，割開沉沉睡眠的信封套，
空氣中飄著微塵，耀眼光線有著貼身的熱度，
在沉寂的房間裡，我醒著。

繕寫著一段又一段的故事，
閱讀著一吋吋編織的情節，
人物在字句中閃爍跳躍，
撫平了思緒，吹涼了故事。

姊姊與妹妹，
不是學生，不同父母。
存在於兩個世界裡，

比親生還熟悉彼此，
故事從未結束，故事就要開始，
她們這兩顆纖細又畏疼的心。

微暗
姊妹

親愛的妹妹，我愛你。

妹妹 01

當你要開始說一個故事，你會選擇用哪樣的句子開場？

很久很久以前……這通常是童話故事起始的開端。

「這是一個最好的時代，也是一個最壞的時代。」這是英國大文豪狄更斯在《雙城記》裡的開場白，幾乎每個人都聽過這段名言，然而，開場的文辭，往往比不上故事本身延續的魅力。

狄更斯的開場，人人皆知，但接下來的文字卻更為貼切時代，「這是一個充滿智慧的時代，也是一個普遍愚蠢的時代；它象徵著光明，也象徵著黑暗，它像是個充滿希望的春天，更像是個絕望的冬天。」

那麼我要說的這個故事，該從哪兒開始敘述起？

我們先來點庸俗的說法吧！

假設公主如願以償的嫁給王子，她不再需要心驚著十二點鐘響，更不用冒著掉落玻璃鞋的窘樣，擔心馬車變回南瓜的危險。按照故事邏輯來說，灰姑娘應該從此開始著：王子跟公主從此過著幸福快樂的日子。

實則如此嗎？不盡然。

因為我是灰姑娘，當然不是格林童話裡那位真的灰姑娘，我會說自己是灰姑娘，主要是因為發表專欄時的筆名就戲稱自己是灰姑娘Cinderella。很幼稚很俗氣的筆名，但卻是來自父親第一次對我訴說的童話故事。

故事的開始是，純白色。兩萬四千五百二十七朵，純白色。

映入所有人眼簾裡的是滿滿地香水百合。

因為今天是我的父親，我最敬愛的父親的告別式，隆重、莊嚴、肅穆，我是他唯一的親人，站在我身旁頻頻拭淚的也是他的親人，她是我的母親，從外型就清楚知道她是我繼母，所以我才會說『我是我父親唯一的親人』，指的是真正有血緣關係的親人。

兩年前父親給了我一場純白色的世紀婚禮，如今我站在父親的靈堂前，同樣的，我也獻給父親一場潔白純淨的告別式。身上的黑色絲質套裝是我生平第一次穿著的黑衣裳，認識我的人都知道，我討厭黑色衣服，尤其是穿著一身比墨還要黑的黑。

母親大人站在大姊一家四口身旁，我也跟著他們站在一旁，沒錯，這裡是家屬站立的位置。

稱自己為灰姑娘是相當俗氣的，但這是父親決定娶繼母進門前對我說的童話故事，當時父親要我放心，他不會讓我變成灰姑娘，那是我頭一次聽見灰姑娘這個名詞，畢竟我的親生母親在我三歲那年就罹患癌症過世，沒有母親陪伴的童年，更不可能聽過這些經典童話故事，所以直到小學一年級才聽到父親說出灰姑娘這個名詞，也就是小學一年級的某一天我多了一個母親、兩個姊姊。

離婚後的繼母是在工作職場上認識了父親，她是個凡事追求完美的女性，聽說她過去那段婚姻是充滿暴力虐待的環境，所以再次面對婚姻，對她來說是個重大挑戰，第二次婚姻對她來說是場考驗，想必這次再婚，她一定希望婚後真的能夠幸福美滿，一切走向完美無瑕，最好能夠成就一個超幸福甜蜜的家庭。

於是，那年秋天，繼母帶著兩個跟我沒有血緣關係的姊姊來到我家，正式開啟了一家五口幸福快樂的新生活。

繼母是個超完美主義崇拜者，所以對我的要求自然不在話下。現在我身邊這一位身材高䠷、戴著無框眼鏡，正細心遞面紙給母親的女人正是我的大姊。

大姊是個頗有知名度的音樂家，在六年前遠嫁到美國紐約，三年前生了一對雙胞胎，而且還是人人稱羨的龍鳳胎。只是這兩個三歲不到的毛頭小子，壓根不懂葬禮的莊嚴哀傷，兩個人在一旁嘻皮笑臉，滿口咿咿啞啞的英文，東一句auntie西一句auntie。

我應該很悲傷的，畢竟父親生前最疼愛的就是我這個小女兒，只是現在的我竟然一滴淚水都流不出來。

大概是父親過世的那夜就已經流盡了所有的淚水，也或者是得知父親癌症末期時就已經做好心理準備，直到今天以前都還在忙著父親的喪禮，冠蓋雲集的商場人士，突顯出父親生前的崇高地位，愈是這樣就愈讓我懷疑那裡躺著的人並不是爸爸，彷彿是個陌生的歷史人物，曾經風光精采的歷經他的輝煌人生。

按照童話故事邏輯，既然我前面提過，在兩年前身為灰姑娘的我曾經擁有過超完美婚禮，那麼現在在我身邊理當站著一位白馬王子囉！不會像現在這般身旁空洞洞地沒有王子站在身旁。

嗯，我那位親愛的王子名叫余信修，朋友們都叫他阿信，不過我喜歡叫他『修』，畢竟這個社會已經充滿太多太多阿信了，所以經常能聽到我『咻、咻、咻』的叫喚他。

至於我的修現在人去哪兒了？根據上一通電話得知他已經抵達桃園國際機場第一航廈，他正要接『我的二姊』，她正從上海風塵僕僕的趕回台北參加父親的喪禮。

看看錶，她應該已經落地了。

母親緩緩走上台，她要朗誦一篇送給父親的文章，看著她擦不盡的淚水，我知道她確實很愛父親，據說當年是她先對父親動了心，可是礙於自己帶著兩個女兒又是離婚女子，她遲遲不敢作任何表示，直到父親公司的客戶，同樣一位離婚女子對父親頻頻示好，某次應酬父親差點兒就要羊入虎口被那名女人強暴，父親趕緊call來現在的繼母去營救他。

當時繼母還跟父親說：『其實那個女人喜歡你很久了，這次飯局是那個女人苦心安排，我覺得她還滿適合你的。』

父親聽完後突然覺得自己心裡空掉一大塊，一種說不上來的失落感，想不到父親竟然哭了，當時父親意外的說出：『如果是妳說……妳喜歡我很久很久，我會很開心，可是沒想到妳竟然會說，妳覺得她很適合我？！』有時候男人的眼淚比千軍萬馬來得有效果，小小一滴淚水就能讓女人無怨無悔的奉獻一生。

繼母在台上哽咽的說著對父親的思念，也真是苦了她，兩個相愛的人才一起攜手十八年，原以為可以白首到老。

再過一個半小時父親就要移靈前往火葬場，希望二姊能來得及。

姊姊

就要落地了。

本來以為花錢坐在商務艙裡的人類都是『優雅的知識份子』，沒想到我身旁座位竟然冒出個不知死活的年輕小子，半長的頭髮，蓋住半張臉，只能隱約看見他鼻子的線條，看不清楚眼睛實在是沒禮貌的事，原先我佯裝成日本人，不過偽裝的技巧太差，在香港轉機時功虧一簣。

得知我在金融界上班的身分，他便開始探詢我哪個基金、哪種投資理財比較適合他。言語中他再三透露自己是個知名藝人，在我聽來那只是種無知的炫耀，畢竟我從來不關心電視圈裡的五光十色，他非常驚訝竟然有華人不認識他，而那個人就是我。

想戴上耳機，他卻能厚臉皮的拉開我的耳機跟我問話，真是令我倒足胃口！

直到我說出：『很抱歉！我今天趕著回台北，是因為我父親的喪禮，我不想多說話。』終於，他才閉上他的嘴，而我也能閉上我的眼，好好喘口氣。抱歉了老爸，只好搬出你，才能逃過無禮的騷擾。

飛機終於放下起落架了，也該是解脫的時候。

『Sorry！嚴重的打擾了妳的情續，我能體會妳現在的心情，因為我父親在去年也過世了……如果不介意的話，等一下我載妳回台北！董信之』

睜開眼睛映入眼前的是一張紙片，上頭的字跡有點大，一看就知道是男生的筆跡，而且情緒的緒竟然寫成續集的續，現在的年輕人國文程度還真是差！董信之，他該不會又是哪裡冒出來的阿信吧？！這世界上阿信可真多……

我從隨身包包裡拿出筆，匆忙寫上幾個字之後，將紙片遞過去隔壁給這位董先生，他拉開嘴微笑，想必等我睜開眼等上一段時間了吧！

『情續↓×情緒↓○謝謝！已有家人接機』看見他低頭盯著紙片，耳根都發紅了。

確實很丟臉，如果按照他所言，他是個家喻戶曉的大明星，被我這般糾正確實很尷尬。

筆妥貼的收進包包裡，竟然看見這張寫滿字的紙片又傳過來我跟前！

『Name?』他竟然還敢厚著臉皮將紙片傳來給我。

『No name.』收起又拿出的筆伴隨著飛機滑行在跑道上的聲音，刺耳的響起。

請各位放心，一般故事裡、偶像劇裡出現了大明星，往往都會成為故事裡的男主角，不過，眼前的這位大明星董先生，絕對不會是我這個故事的男主角，因為從小到大我就是個普通平凡又不起眼的女孩子，我沒有小妹那種童話故事般的命運，灰姑娘最後終究會遇上心目中的白馬王子。

我只是努力的生活著，按照媽媽的縝密規劃，學習大姊的勤奮向學，亦步亦趨的變成『今天的我』。

『阿信 0939＊＊＊＊8』他依舊不死心的遞給我這張寫到沒空間的紙片，果真又是一個阿信，既然他是知名藝人手機號碼豈會隨便給陌生人？想找一夜情嗎？像我這種陌生又不知人間是非的女人最適合吧！

落地後緩慢滑行。

我打開手機撥了通電話，給另一位在地面上等著接我的阿信。

最後，我將手機靜靜的放在紙片上，眼不見為淨的閉上眼，我沒將那張知名藝人的紙片收進包包裡，當然更不可能將他的手機號碼存進手機的電話簿裡，繼續沉默的闔上眼等候飛機艙門開啟。

畢竟我是灰姑娘的二姊，在童話故事裡，我永遠只能扮演一個沒有台詞的平凡女生。

妹妹02

依序送完所有來弔唁的客人。我想修應該已經接到二姊了吧?!

大姊跟姊夫討論著是否要送孩子先搭司機的車回家去，當然他們要回去的地方是父親生前跟母親的家，也就是那座像是城堡般的娘家。

幾位官夫人攙扶著母親，她們都是同一個扶輪社的好友，幾個女人平時往來無非就是交換高貴優雅的訊息，過去比較誰家丈夫賺得多、誰家孩子比較會讀書、誰家又買了多少房地產，現在老了就連誰家老爺喪禮辦得風光也要比較。

大姊知道母親正忙著招呼送走最後一批客人，她走向正在發呆的我。

「媽咪以後就要麻煩妳多費心了!」大姊說話總是那麼優雅，多年來未曾改變過。

『當然，如果有時間也希望媽咪能夠去紐約找你們，能夠跟兩個寶貝孫子玩上幾天，她心情自然會比較好些……』

「是呀!我問過她要不要搬去紐約跟我們住一陣子，但是她好像不太願意。」

『嗯，我知道，以媽的個性一定不想在爸過世後沒幾個月，就離開家出遠門。』

「所以媽咪的一切就麻煩妳多費心，這趟回來半個多月，妳姊夫也得趕回紐約工作，他的公司不能丟下大半個月。」

『大姊妳放心，聽二姊說她這趟回來，應該會長住下來，比較不會像現在這樣頻頻調派到海外去。』

「這樣我就放心多了。」大姊話沒說完兩個小毛頭又跑過來東拉西扯。

『嗯……嗯……』包包裡傳來簡訊震動聲，方才賓客弔唁過程手機切換成震動模式，隨著鞠躬答禮的過程，隨手將包包擱在一旁，現在拿起包包才注意到訊息傳來的震動聲，只是這個時候是誰傳訊息給我？

該不會又是恭喜妳中獎的詐騙簡訊吧？！

四則未閱讀訊息。

第一則

妳還好嗎？從前天開始妳就沒接我的電話，非常擔心，回電給我。發訊人：嶺

第二則

現在馬上下載鈴聲……

第三則

剛才那五通未接來電是我打給妳的，希望妳知道，我只想聽聽妳的聲音……

發訊人：嶺

第四則

我已經接到二姊了 發訊人：老公

嶺，我想也應該會是他傳給我的訊息。結婚半年後我就覺得修從王子蛻變成老公，當年剛認識修的時候他身邊有個未婚妻，是個知名模特兒，他們的愛情被刊在八卦雜誌上時，我就直覺『修絕對是個王子』，是一個我會愛上的白馬王子。

偷偷摸摸的背著他的未婚妻約會，在深夜書店裡充滿刺激的愛撫，第一次做愛是在百貨公司試衣間裡。

那樣的偷歡情愛充滿魅力，直到被大家發現，我選擇義無反顧的開口說：『我要嫁給修！』

在一片不被看好的聲浪中，我披上純白的嫁衣，父親挽著我的手，踏上修建築給我的幸福當中。

當然，王子跟公主從此就過著幸福快樂的生活。

『知名企業家第三代迎娶工商鉅子么女，這是幸福還是詛咒？！』還記得當時報紙上斗大的標題，寫得多麼惡劣。

婚後的生活幸福甜蜜，也就是所謂的平淡無味，我依舊寫著我在女性雜誌上的專欄，半年後在一次座談會中認識了同樣是寫作的『嶺』，那次座談會他跟我一同受邀擔任嘉賓，談的話題無非是男人跟女人的愛情課題。

第一次吃飯是座談會後跟主辦單位的朋友一起用餐，第二次是我主動打電話給嶺，約他一起吃飯順便交換手邊閱讀過的一些有趣的書。

究竟是第幾次跟他出去時上床的，我已經不記得了。

只是發覺上個月的嶺越來越陷入迷思，他認為我是他這一生中唯一能夠了解他的女人，當他開口說出這段話時，當下的五秒鐘我備感動心，沒想到五秒鐘過後我就開始恐懼了，那種恐懼不是擔心自己會被修發現這段偷情，而是那一瞬間我像是突然一口氣服下一大包解毒劑，全身上下中了的愛情毒藥就這樣被解除了。

原以為那只是幻覺，過幾天後我就會恢復正常，依舊可以跟之前一樣跟嶺翻雲覆雨，想不到五天前的那場做愛，竟會變成最後一次，當時突然覺得自己張開雙腿，那姿勢……活像是嶺正在床上幫我『用力的換尿布』！

滿滿的噁心壅塞心頭，我推開嶺，穿上維多利亞的秘密底褲，奔出汽車旅館。

好吧！我承認，我是個有不良嗜好的灰姑娘。

姊姊

「行李只有這兩箱嗎？」阿信關上後車廂時問了我一句。

『嗯！這兩箱就已經夠多了。』看著阿信開啟駕駛座的門，那張熟悉的側臉。

『阿信……』

「怎麼了？」阿信是我這些年對他的暱稱，他跟他的家族一直是我的忠實客戶，也是因為這樣小妹才有機會跟他認識，進而發展到今天成為夫妻關係。

『沒事，有點累，在飛機上還遇見一個跟你一樣名字的阿信。』

「有那麼巧嗎？不可能他也叫信修吧？」

『不是，他是名字中間那個字叫做信，跟你不一樣，只是他稱自己為阿信。』

「現在滿街男生幾乎都喜歡叫自己阿信。」

他說這句話時嘴角輕輕上揚，那是我當年愛看的角度。

修信有著一張完美的臉，像是王子般無瑕的眼神，在我進入銀行界第二年時看見他，當時他是上司客戶的孫子，在海外求學卻只愛玩音樂。

注意到阿信的車子換成休旅車，記得上次回來台北他開的還是輛四門的房車。

『你換車多久了？』

「還沒四個月！」

『打算生Baby了嗎？』我笑著。

「還沒吧！妳小妹一直沒準備好……」

『那你呢？準備好當爸爸了嗎？』

「我當然準備好了！不然怎麼會換車。」

他一手靠著方向盤，另一手伸向後座摸索著東西。

『你在找什麼東西？這樣開車很危險，放哪？我幫你拿！』

「在我包包裡，幫我拿一下！」

我側著，將身體擠進兩個前座中間，離他只有幾公分距離，他身上散發的檸檬味道一聞就知道是小妹買的沐浴乳，我伸長了手要拿他的包包，可能是剛才的煞車，讓他的包包跌落在座椅底下。拿出他的包包，好熟悉的樣子，是去年回台北陪小妹逛街時買的。

將包包端正的放在我大腿上。

「打開吧！裡頭有一本雜誌。」

掀開包包，看見一本雜誌跟一些零散的東西一起塞在包包裡。

『呵呵！果然像是男生的包包，裡頭的東西八百年都不曾整理，我看裡頭的發票說不定都超過一年了！』

「被妳發現了！我這個包包如果裡頭不亂，我還真沒有安全感……」阿信把臉轉過來，衝著我傻笑，就是這個無邪的笑容讓我迷惑了好多年。

「這本雜誌，嗯……妳翻開我做好標示的那頁。」他示意要我翻開。

『標示？什麼樣的標示？』我沒看見任何標記或摺痕。

「該不會掉了吧？我明明貼上一張小紙片呀？」

阿信將他的手伸過來我腿上的雜誌，逕自翻起雜誌，「不是這個，好像在後面幾個單元……」

『拜託你專心開車！我來找，你跟我說標題是什麼？』

「不行，我要親自找給妳看。」他堅持一邊開車一邊翻找。

我拿他沒轍，他跟小妹屬於同一種人類，獨生子配上么女，果然是王子配公主。

「啊！找到了，就是這篇，妳快看！」

我看著眼前的雜誌，我短髮的模樣印在上頭，這是我嗎？滿臉精明幹練的模樣，眼睛中透露著自信，一點兒都不像現在的我。

「妳頭髮長了。」

『嗯……這是在新加坡的專訪，訪問後到現在我都沒修過頭髮。』

「妳太忙了吧！我看妳的眼睛充滿血絲，黑眼圈都跑出來了，妳呀！應該要好好保養身體了！」

『……』我不知道該說些什麼，其實這趟回來我已經打算重新調整自己的生活步調。

「這本雜誌已經好幾個月了，呵呵！這可是從客戶那裡偷來的喔！」

阿信開心的笑著，「我一邊開會、一邊聽他們簡報、一邊偷翻雜誌，看到這篇時我笑得好開心，客戶還以為我龍心大悅提案成功了！後來我只跟他們說……這本雜誌可以給我嗎？」

『呵呵呵！你這樣耍他們！很過分喔……』

「不會呀！至少我有詢問他們徵得同意。」車子打了方向燈。

「我回家馬上拿給小妹看，小妹還說我看她的專欄也沒這麼興奮！」

『那是因為她每週都有專欄，我可是頭一次上雜誌，當然不一樣呀！』

「是啊是啊！我也是這麼說，其實她也很興奮，搶過雜誌猛看，還說妳那套衣服太老氣了，才三十歲弄得像四十幾歲……」

『哈哈哈！她沒說錯，我內心老早感覺像是過了四十！』

「會嗎？從我第一次看到妳跟現在妳一點都沒變啊！」

『那剛剛是誰說我黑眼圈都跑出來的？』講完話我馬上笑了出來。

「呵呵……呵呵呵！」阿信也跟著我笑得開懷。

這樣愉快的對話，彷彿在我們之間從來沒消失過。

車子順暢的駛入交流道，再過十五分鐘就可以見到我所有的家人，還有永遠閉上眼的父親。

妹妹 03

「你直接載二姊到火葬場，我們在那裡見。」

打完簡訊傳送出去，一抬起頭，竟然發現一個熟悉的人影站立在父親靈堂前拈香。實在無法想像竟然是嶺，他突然出現在我爸的靈堂前，我渾身冒出冷汗！

大姊送媽去一旁休息，姊夫帶著兩個小毛頭不知去向，只得由我這個家屬向他致謝，算他厲害，整整躲了他五天，他算準了我今天絕對會出現。

該來的還是會來，還在想著見招拆招，嶺已經大方的走向我。

「不好意思，我知道妳這幾天忙著父親的後事，我還一直找妳。」

『沒關係，只是……』我話都還沒說完他就自行打斷，愈想低調他愈是囂張。

「我只是想或許妳需要找個人安慰。」

他雙眼直視著我，我閃躲過去，馬上就要出發去火葬場了，我必須速戰速決。

『我要跟家人去火葬場了，這裡已經結束，你可以回去了！』他聽懂了嗎？已經結束了，都結束了。

嶺張望了四周，接著說：「妳先生呢?我怎麼沒看到他?」

『他去接我二姊，就快到了，你快走吧！』我眼睛閃開他，這種時候不能再跟他四目交接。

離開前他小心翼翼的拿出奠儀交到我手上，白色的紙袋下面還偷偷壓著一張紙片。

都幾歲了還在玩傳紙條的幼稚把戲！

「小妹，該上車了！」耳邊傳來大姊的聲音。

『我先走了！火葬的時辰不能拖。』我頭也不回的筆直走開。翻開手心的紙條：

後天一樣的時間地點。

手心發熱，揉捏著這張像是戰帖的紙條，千錯萬錯都是我的錯，實在不該去招惹文人，明明知道文人心思細密我還大膽的去招惹他。

當他一個月前開口告訴我：「我跟我女友提分手了。」

其實當時的我就應該清楚告訴他，我不可能跟他這樣偷偷摸摸一輩子，我對他存在的只有『愛他的文字超過他的人』，我愛他寫給我的每一則短篇，更愛他上次文學獎得獎作品裡對我所有的美好描繪。

他筆下呈現的每個女人無不瘋狂的愛上他，可是這些都跟現實的他相去甚遠，他現實生活中只是個平凡的男人。

打從三歲開始過著沒有母親的生活，分別是傭人跟保母將我帶大，我已經忘了母親的模樣，只記得她頸子上的項鍊墜子，跟項鍊壓在皮膚上形成的細細紋路。

聽父親以前說過，兩歲時母親長期住院，在我身邊照顧我的人一個換過一個，能夠在身旁關心我的人一直輪替著，大概是從那時候開始，我悄悄關起感情的窗子，我想愛情應該也是，總會一瞬間突然愛上某個人的某一個地方，像是國中時的初戀阿況，我就喜歡他高高跳躍、起身投籃的模樣，就那麼一幕畫面策動我喜歡上他，當然並非我主動，而是他也被我吸引自己來追求我。

高中時的在勤，他真的人如其名非常的勤勞，也因為他的勤勞深深的感動了我，我就這樣跟他交往了三個月，後來也因為他的勤勞我不得不選擇分手。

後來的我往往會因為某些細微的『狀態』就喜歡上另一個人，像是巧合的閱讀同一本書，像是拔眼鏡的動作，像是走路的模樣，像是說話問候的聲音⋯⋯

二姊非常討厭我對於愛情定義的膚淺，我也知道，但後來我怎麼會那麼篤定的嫁給修？因為他至少有三個以上讓我喜歡的『點』，像是他笑起來的呆呆模樣，像是他開車時轉動方向盤的模樣，還有他穿襯衫打領帶的樣子，這些都是我見過最舒服最舒服的模樣，當然還有他的個性，完全沒個性的他正是我想嫁給他的最大原因。

對了！差點兒忘了說，後來我還發現他在床上，高潮時從他喉嚨發出的聲音，那種細微的聲音是我最愛聽的。

我當然很愛修，可是我是不安分的灰姑娘，像是他高潮時發出的聲音，我總會想，其他男人也會嗎？

我知道這樣很不道德，畢竟我都嫁給他為人妻了，哪有資格去想那些風花雪月！可是我還是會不受控的去遐想，去幻想，去⋯⋯實踐。

想著想著，車子上了坡後，火葬場入口映入眼前。

『爸，最後這一程，我們都陪著你，記得要跟上來喔……』

姊姊

狹小的停車場，一下車四周的熱氣立刻包圍上來，台北的氣溫已經不是亞熱帶氣候，其實昨天離開上海時的溫度也跟現在差不多，只是心裡想像的火葬場，應該要帶著些許寒意。

阿信停妥車後，走到我身邊：「需不需要打開行李箱拿件衣服出來換？」這才發現我身上穿的不是黑色衣服，竟然是一件鵝黃色的上衣。

蹲在車後開始翻著行李箱，糊塗的我竟然百密一疏，那件黑色上衣該不會還靜靜的躺在玄關上？！爸，我真是個不孝女。

阿信看我愈翻愈焦急，走來我身邊詢問：「找不到黑衣服嗎？」

他蹲下來幫我一起翻找著。

『真糟糕，我怎麼會那麼糊塗呢！等一下很多重要人士都會到場，我這樣穿我媽一定會生氣，搞不好會氣我一輩子。』我緊咬著嘴唇發愁。

阿信彷彿想到什麼似的，笑了出來：「對了，如果妳不介意，我車上有一件黑色衣服。」

『現在已經管不了這麼多，有黑衣服我就很謝天謝地了！』

阿信從休旅車後頭取出一個破舊的紙袋，從裡頭拿出一件黑色T恤，他遞來給我：「這件衣服對我來說充滿了紀念意義，雖然圖案有點幼稚……」

我打開衣服，黑色的T恤，繡著一把吉他，模糊的印著一行草寫英文。

「那是我以前玩樂團時做的衣服，跟著我好多年了，我一直捨不得扔掉！」

『嗯……那我就借來穿了，你不會介意吧？』

「當然不會，他是我丈人，也是我爸爸。」

我走回車上去，在狹小的空間裡換上這件充滿汽車皮革味道的黑衣裳。

走到火葬場，阿信聯絡了小妹，他們快到了。

我遠望著高大的灰色煙囪。

人生最終不過幻化成一縷輕煙，任何牽掛、任何情仇，誰也帶不走。

「妹！」還沒下車就聽見聲音，是大姊打開車門叫喚著我。

車門一開，兩個小毛頭迅速的竄下車，我頭一次看到兩位外甥，一眼就認得出來是從美國回來的小孩，女兒長得非常像大姊。

『媽……』看見媽，她的模樣彷彿像是八十歲的老女人，蒼老佈滿整個神態。

「回來就好，回來就好，我們一起進去送妳爸最後一程吧……」

我攙扶著媽，後面跟著大姊一家人。

小妹這才從最後面緩緩走過來：「二姊，妳……今天穿得很不一樣，很不像妳！」

小妹應該看出來我身上的衣服絕對不是我的，自從研究所畢業，除了在家以外，我再也沒穿過輕鬆的T恤走在大太陽底下。

為了不讓媽知道，我減緩腳步，靠近小妹：『這是你們家阿信借我的衣服，我把黑衣服忘在上海了！』

「想不到妳也會忘記呀！」

小妹送給我一個微笑，兩個甜甜的酒窩掛在嘴角，她這個笑容，不知在國中時有多少人詢問過我：『請問妳妹喜歡哪種男生呀？』

她生來就是一張天真無邪的面孔，看著阿信牽起她的手，兩個人是完美無瑕的一對。

只剩下我身旁空蕩蕩，沒有牽著的手，更沒有那個深愛的人。

整個火葬過程每個人都淚流滿面，最後大家一起上車，帶著爸的骨灰去早先安置好的靈骨塔位，依山傍水，是媽挑選的地方，媽也在爸身旁買好了自己的位置。

愛情最終不過如此，找個愛妳的人陪伴妳走最後的路。

「二姊，妳的房子我請人打掃過了，可是我還沒請到固定的幫傭。」搭上阿信的車，小妹在車上跟我說著。

『沒關係，幫傭目前應該還不需要，我一個人應該什麼都可以自己來。』

「我看還是叫我家阿琇，每個禮拜過去一天幫妳整理整理。」阿信建議著，小妹在一旁點頭。

『妳每天要趕稿，沒時間整理，我剛回台北，事情應該還不會很忙，我自己來就可以。』

「可是妳會用洗衣機嗎？」

『洗衣機很簡單，我在新加坡住的那段時間都是自己洗衣服。』

「妳的衣服都不送洗的嗎？妳每天都穿套裝耶？」

我點點頭：『有時候清水洗一洗吊起來晾乾就可以了，除非質料很特殊才會送洗。』

十六層電梯大廈社區，映入眼前，我的家到了，整個社區共有五大棟，望過去完全看不出來自己住的是哪一層哪一間。

「有任何狀況隨時打電話給我，我們的電話都存在手機裡了！」阿信遞給我一支手機。

『嗯！』阿信一直是個細心的男孩，當他開口跟我說他愛上小妹時，我知道天馬行空的小妹終於找到可以託付終生的男人了，『我明天上午會去把停話的手機辦復話。』

「修，你幫二姊把行李搬上樓，我在車上等你，對了！二姊，不要忘了明天晚餐，要所有家人一起吃喔！」小妹叮嚀著。

阿信幫我提著行李上樓，「看起來小小兩箱，可是卻挺重的！」

『裡頭有很多資料文件，還有一些書，所以很重。』話還沒說完，電梯在五樓停了一下，進來了一位男子，通常住家電梯很少會從某一樓層再上到另外一個樓層，幾乎上樓的都是從一樓直接搭到要去的樓層居多。

電梯裡站著三個人，一陣靜默。

到達八樓，這名男子跟著我們一起步出電梯。

他拿出了鑰匙站在對門公寓前。阿信幫我拿著行李，我從包包裡取出鑰匙打開大門。

「請問你們是剛搬來的嗎？」對門那位男子一邊脫鞋一邊問著。

『這是我的房子，買了一年多，現在才搬回來住。』

阿信放妥行李後走出大門，「妳今晚好好睡，我們明天見。」

看著阿信下樓的背影，想起過去每次他來銀行後，每次送他進電梯前我總會看著他離去的背影。

現在他的背影多了一分成熟跟穩重。

對門的男子不知是好奇還是找不到拖鞋，打開鞋櫃東看西看。

「妳好！我姓游，剛搬來對面三個月，有空的話歡迎妳來我家坐坐。」

他禮貌的伸出手來，好聽的說話聲音令我有點訝異，他該不會是Gay吧？！

『嗯……因為我今天有點累，如果改天有空我再去拜訪。』

我牽動著累慘的嘴角，飛機、轉機、抵達、火葬、哭泣、靈骨塔，今天連串的事情，讓我想癱在床上好好睡足二十個小時。

「沒關係，我不是說今天，只是因為我們是鄰居，以後還要麻煩妳多多照應，晚安了！」

他微微欠身後便轉身進門。

還沒來得及跟他說我的名字。

還有他剛剛怎麼會在五樓？

累爆了的腦袋瓜總是停不下來想邏輯的事情。

妹妹 04

沉下去了，沉下去了……

看不見海平面前方，鼻孔灌進滿滿的海水，逐漸地睫毛也浸泡入海水，隱隱約約的，海水恍惚的打穿我的心，好酸好痛，我感覺到我開始哭泣，接著，沒有味道，沒有溫度，沒有知覺，我愈沉愈深，四肢漂浮著失去引力。

「……寶貝、寶貝、寶貝，我要去上班囉！」睜不開我的雙眼，瞇著模糊的視線，剛才的夢境突然一掃而空，一張大臉貼在我臉頰上，是我親愛的老公，我的王子修。

『嗯……』這種詭異的噩夢早就習以為常，從小就經常夢見自己在水中載浮載沉。

「給我一個Kiss bye！」修撒嬌的嘟著嘴，你們肯定從沒見過王子撒嬌的模樣，就是這副德行，明明已經穿好襯衫打好領帶，還整個人躺回床上，緊緊的貼在妳胸口，嘟起嘴，把整張臉貼塞在我柔軟的乳房上猛親，接下來的畫面有可能需要打上馬賽克。

撫摸、揉捏、搓弄……別想歪了，現在的我正在跟阿琇姊一起製作水餃皮，今天晚上要回媽咪家共進晚餐，老爸在世時假日最喜歡親自擀水餃皮，煮水餃給我們吃，也就是這樣家裡每個人都認為我也會做手工水餃，因為老爸從小就教過我。只是我非常懶惰，多年後還是學不會老爸的真傳，然而今天晚上我必須要準備全家人要吃的水餃。

門鈴急促的響起！阿琇姊滿手麵粉，只得我自己去開大門，從大門上的貓眼洞洞往外看，是我出版社的主編，一大早就來我家準沒好事，果真他的身後站著一位男人，又是嶺。

我趕緊隔著對講機跟他們說等一下，馬上就開門。

我有一個非常好的老公，善良正直，認真負責，溫柔專情，還是個俊美的王子。更重要的是，他給了我家的感覺，我再也不會因為半夜聽到怪聲音而害怕，每件事都可以有人分擔商量，當然我再也不能像以前那樣自由自在，無牽無掛……

因為好愛好愛，所以就會變得好傻好傻，他愛我，所以守在我的身邊，看著在他背後的我，深深覺得自己非常幼稚。

年紀小的時候喜歡上一個人，總以為，只要認真的喜歡著，一切就會非常幸福，直到長了些歲數，過了些滄桑，才體會到，原來只有喜歡是不夠的。

我的快樂需要他人的眼光追逐。

大太陽底下感受著一切微妙，卻恍若無事，誰和誰都在假裝著，只要不戳破，就永遠都不會心痛。

『不速之客光臨，我必須出門一下，妳在家繼續做水餃喔！拜託妳了……』我挽起包包，雙手擺了個拜託的姿勢，對著阿琇姊央求著。

阿琇姊只能點頭答應，她來我家幫傭也超過一年，早已經習慣我的無常變化。

打開大門前已經穿好鞋子，戴上墨鏡，因為來不及妝點自己的容貌。

『我正好要出去說，你們突然來，也沒先打通電話給我！』我迅速打開大門又關上大門。

「嗯……妳可能忘記了，我今天要來送新書的內文稿子給妳看。」我的主編拿著一包牛皮紙袋遞過來，我確實忘了這回事。

『可是……他怎麼也跟你一起來？』我指著他身後的嶺。

「他今天一大早就來出版社，知道我要來找妳，就跟著一起過來。」

『內文稿子我先收起來，今天晚上馬上看，但是我現在急著要出門，恐怕沒辦法跟你們多談！』

「那我明天跟妳約的時間，還照舊吧？」嶺終於開口說話。

『啊！我本來想晚點打電話給你，因為我二姊剛回台北，很多事情需要我去幫她打點，所以明天的約可能必須取消。』

我面無表情的對嶺說出無情的話。

「我明白了……」嶺落寞的回應我。

『我就不招呼你們了，要一起搭電梯下樓嗎？』我逕自按下電梯鈕。

躲進計程車後，看著站在路旁的嶺，瘦瘦的身影、褪了色的牛仔褲，曾幾何時這個背影是令我心動的模樣，不能再去想了，去二姊家之前我得先繞去買些東西，相信二姊一定會很驚訝！

姊姊

昨天明明累壞了，但今天早上還是不到八點就起床。冰箱空蕩蕩，廚房流理台上只擺了一大罐礦泉水。

昨天晚餐沒吃多少，現在肚子餓得發昏。

樓下早餐店林立，放眼台北幾乎每條巷子都有早餐店。

「妳也來買早餐嗎？」對門的游先生已經站在早餐店裡。

『是啊，來早餐店當然是吃早餐。』

「妳要帶走還是這裡吃？」他是在早餐店工作嗎？這應該是早餐店老闆娘該問我的話吧！

『應該都可以……』

「要不要一起坐著吃？我剛點而已，這家早餐店的煎蛋特別好吃。」

『好啊！煎兩個蛋好了。』我這樣感覺會不會像是很隨便的女生？！簡單的搭訕就一起共進早餐。

不過我可是一邊吃早餐一邊專心看報紙，這樣算是併桌應該不算是一起吃早餐吧！

一前一後的走回社區，一起站在電梯前等候著上樓。

「妳不用上班嗎？」他終於還是開口問話。

『我剛調職回台北，有三個星期的假。』

「真好，有規劃要去哪裡玩嗎？」我搖搖頭。

之前平均每個月都會搭著飛機東奔西跑，現在回來了真的哪裡都不想去。

『那你不用上班嗎？』

「我中午前進去就可以。」

『中午過後去上班應該是服務業吧？』

電梯來了，他紳士的讓我先走進電梯。

「大眾傳播業算是服務業嗎？」

『那要看是哪一種的大眾傳播業？』

「廣播電台。」

『難怪你的聲音這麼好聽。』

「謝謝，聲音是我賺錢的工具。」

『也是老天爺送給你的獨一無二的……』

沒想到我還會一時詞窮，找不到合適又客套的形容詞。

「獨一無二的寶物。」他笑了笑，電梯這時抵達。

打開門看見小妹坐在門口穿鞋椅上，手上拎著大包小包。

「二姊，好險妳回來了，我按門鈴沒見妳出來開門，再多等個五分鐘我就打算要離開……」

『我剛剛出門去吃早餐！喔，這是住在對門的游先生。』

游先生看一看小妹：「妳好面善，好像在哪裡看過妳？」

『呵呵……你也是這樣對我姊說的嗎？這種搭訕方法很老套喔！』

游先生被小妹這樣一說，表情突然尷尬起來。

『我妹是作家，之前上過媒體，所以你才會覺得她眼熟。』

「原來如此。我先進屋裡去了，晚點要出門上班。」

『Bye！』

小妹一進門就開始翻著袋子裡的東西。

「姊，想不到才回來一天馬上就有男人對妳……獻殷勤！」小妹又使出那種曖昧的眼神。

『不要亂說，是剛剛碰巧在早餐店遇見。』

「最好是碰巧！我一看這個男的就知道他對妳有興趣。」

『妳又知道了！』

「我看男人可是超準的！」妹妹突然從袋子裡拿出一大個扁盒子，「給妳的！」

我打開扁扁的紙盒，『天啊！哪有人送時鐘的！』

「拜託，我是說給妳的又不是送妳的。」

『妳明知我不喜歡這種時鐘，還故意買來給我！』

「妳不能不看時間啊！我知道妳不喜歡轉呀轉的時鐘，可是妳先看看嘛！這個時鐘很可愛喔！」

小妹買來的時鐘確實很可愛，只是從小到大，我最受不了的就是時針分針轉轉轉的時鐘，不知道為什麼，打從我懂事開始就非常討厭這樣的時鐘，轉了一圈又回到原地再轉一圈，如果又加上紅色緊張的秒針，那就更是討厭到極點。轉呀轉，所有的針盲目固定在同一個圓心上，繞完一圈又回頭重新開始繞，永遠沒有盡頭，對我來說也永遠沒個道理。

「對了對了！我剛剛去了一趟28買了這些生活用品，妳應該會用上。」

從小妹口中說出28，感覺非常奇特，還記得幾年前，信修飛到香港幫他父親處理公司亞洲區財務，那年的我正巧調派到香港銀行，當天晚上我領著信修去飽餐一頓。半路經過屈臣氏，我開玩笑的跟信修說：『我都稱屈臣氏為28。』

「28？為什麼叫28？」

『你很呆耶！屈臣氏不是七乘四嗎？七乘四不就是28！』

「哈哈哈！對喔，屈臣氏可以叫做28，有道理！」

這是那一年的冷笑話，從此信修只要開車經過屈臣氏都說成28，如今變成他跟小妹兩人之間的甜蜜術語，心中自然有股說不上的檸檬味。

「這些是衛生棉，有一般流量、加長型、夜用型！我猜妳應該快來了吧！因為我這幾天肚子也悶悶的。」

國中時，小妹第一次的初潮跟我時間差不多，我們雖不是同父母生的姊妹，但是卻有著同樣的生理時鐘。

只是那年開始我們兩個女生都在期待著春天到來，我那要來不來的春天，來得晚就罷了，還來得意興闌珊，像是天色灰暗的季節，更像氣溫低迷的冬天。

也不知從何時開始，簡單的生活輪廓逐漸成形，可預見的下半生，就會在這樣的生活模子裡平凡的著陸。

『衛生棉我收下，時鐘妳帶走吧！這麼可愛比較適合妳。』

「不要！我都想好地方要掛上這個時鐘了。」

小妹完全不理會我，逕自搬椅子在客廳牆面上比劃著時鐘。

討厭時鐘，這就像人類自訂的規範在某種層面上其實是不足的，是充滿缺陷的，更是違逆自然的。

時鐘就是人類規範出來的非自然物件。然而我卻活在集體生活、集體規範、集體秩序裡。

「時鐘幫妳掛好了，晚點我們就一起回家找媽咪吧！」

『可是現在我要先出門一趟，妳呢？』

「我跟妳一起去好嗎？」小妹又露出央求的臉孔，活脫像隻無辜的小貓。

『跟我去不好吧？我現在是要先進去銀行的總行辦公室一趟。』

「妳不是有三個星期的假？幹嘛今天進去？」

『我先去跟總公司報到，也順便去會一會我的兩個新助理。』

「那我就不方便跟去了，對吧？」

把小妹一個人丟在家裡實在不放心，不是擔心她而是擔心我的家，她是個天才小公主，從小到大淨會想些把戲，搞得大人們人仰馬翻。

『對了！這個月的稿子妳都完成了嗎？要不要待在我家寫寫東西？這個社區很安靜。』

「可以啊！妳放心，我會一個人乖乖的待在家裡。」

『是我家、我家！』不跟小妹再三聲明，她又不知道會玩出什麼把戲？

「我知道，妳家就是我家嘛！」

搭上捷運，經過台北車站時上來了許多人，我坐在位子上，一名男生，應該說小男生吧！

非常刻意的站在我面前，兩個眼睛直盯著我看，還頻頻衝著我傻笑。

這兩天是怎麼一回事？一直遇見陌生人。

忠孝敦化站到了，我出了捷運，沒想到這個小男生也跟我同一站，因為他正跟在我身後。大白天的大台北，不知死活的小男生竟然鬼鬼祟祟的當起跟蹤狂，我快步前進，迅速的來到銀行大樓前。

他也跟著我走進銀行，一樓大廳的警衛示意要我們去登記，『我們』？天啊！我跟他是不同路的，他可是個跟蹤狂啊！

我在訪客登記簿裡填寫著姓名，他詭異的探過頭來看我寫的資料，我拿開登記簿，轉向另外一側，他竟然誇張的從左邊跑到我的右邊，接著他又開始傻笑。

終於，他伸出手拍我的背。

『我認識你嗎？』我的語氣飽滿著氣憤。

小男生點點頭。

妹妹05

三房兩廳，日式風格的裝潢，獨自一人待在二姊家。整間屋子裡除了傢俱，還是傢俱。

客廳的這台液晶電視，是我跟修一起去挑選送給二姊的禮物，找了半天才在沙發桌下的抽屜找到遙控器，試圖打開電視，卻怎麼也開不了！不會是電視壞了吧？！

我是電器白痴，要搞懂這台冰冷閃著銀光的大怪物，還不如重新買一台，不過我還是走向電視東張西望，原來是插頭沒插，但是打開電視後依舊是沒反應，螢幕盡是一片雪花。

大白天一個人在充滿傢俱的空房子裡，沒報紙、沒電視、沒別人……想起以前小時候如果有這種機會時，通常我會做的事，就是『進房間』。

想當然耳，二姊的房間應該什麼東西都沒有，只有她昨天扛回來那兩箱行李，不過我還是喜歡溜到她房間裡，從小就養成的壞毛病。

我的天呀！哪個女生的房間沒有梳妝台？二姊的房間竟然沒有梳妝台，那她的化妝品、保養品是放哪兒呢？

書桌上只有小小的一個折鏡，並且沒有掀開的靜靜地躺在桌面上，終於看見化妝包，小小一個，好奇的打開來瞧瞧，想不到二姊的化妝包裡竟然有眼線液，還記得在我國一那年我跟二姊偷跑進媽咪的房間，梳妝台上滿滿的化妝品，我們偷拿媽咪的化妝品開始偷偷學化妝。

那天傍晚大大的房子裡只有我們姊妹倆，化裝舞會般的精采過程正在上演，二姊幫我畫、我幫二姊畫，始終忘不了眼線液的點點滴滴，扭開眼線液，一支細細小小像毛筆似的眼線筆，頂端沾著黑色汁液。

我謹慎的畫在二姊的眼瞼上，但是眼線液就像是章魚墨汁，狂放肆虐又張牙舞爪的佈滿二姊的眼皮，畫上一眼後，我大笑出來！

二姊看著鏡子裡的自己，也跟著狂笑起來，還記得那天她發誓以後再也不碰眼線液，本以為她開玩笑，果真她說到做到，我沒見過她使用過眼線液，想不到多年後還會在她化妝包裡發現眼線液。

還有一個精緻的木盒子，是二姊的首飾盒，這個盒子雖然改朝換代，更替過許多個樣子，愈來愈大的盒子，始終是我最喜愛的『潘朵拉的盒子』。

打開盒子，各式各樣的耳環映滿視線，銀色、金色、粉色、珍珠、水晶、鑽石、土耳其石……

圓圈、流蘇、方形、三角、柱狀、大的、小的……琳瑯滿目的耳環，二姊最喜歡的飾品就是耳環。

這只木盒足以佔據掉大半個行李箱。

看見盒子裡的耳環，讓我不禁想起『阿樂』。

自從媽咪嫁給爸爸後，我們家多了一項傳統，那就是女孩滿十二歲那年，媽咪會帶著去穿耳洞，接著媽咪會讓女兒自己挑選一副精緻的耳環，純18K的白金上頭是鑽石鑲嵌的耳環。

穿耳洞象徵著從今開始不再是小女生，而是女孩了。

那一年，二姊度過十二歲生日後一天，媽咪就帶她去穿了耳洞，並且細心幫二姊挑選了一對小小的方形鑽石耳環，聽媽咪說那對耳環相當相當的昂貴。

但是昂貴絕非是吸引我的地方，而是它們精緻、閃耀又小巧的模樣，多麼想拿在自己手心裡把玩，更想看著它們掛在自己耳朵上閃著銀色耀眼光芒！

晚上二姊拿來給我看，卻嚴格要求我不准我觸碰！

只可遠觀，而不能褻玩焉，對我來說簡直是場酷刑。

我所說的『阿樂』就是翠姨的兒子。

翠姨是我們家當時的幫傭，同時母子倆也住在我們家。

至於他們為何住在我家，又為何我從沒看過阿樂的父親？

一切疑惑都在我來不及詢問阿樂時，他們母子就因為我，被迫辭去工作，搬離了我家。

那年我剛滿十一歲，國小四年級的我，正是好奇心最重的年紀。阿樂跟我同年紀，只是我就讀的是私立小學，他就讀的是我家附近的公立小學。

每天放學，只有我跟他待在家裡，兩個姊姊都去補習或上才藝課。

阿樂會在下午時拿出陶笛在家裡吹奏，我喜歡陶笛溫暖的聲音，阿樂不會吝嗇的每天吹給我聽，我喜歡看他吹完陶笛後微笑的表情，右邊嘴角有個小小酒窩，他的笑容是我看過最舒服的微笑。

我會故意貼近阿樂，因為他身上總是散發一股淡淡的檸檬香，那是他每天放學回家後必做的工作，擠一壺檸檬汁，因為我媽咪每天都要喝上一壺檸檬汁，阿樂每天都會幫翠姨擠檸檬，我喜歡看著阿樂的微笑搭配上淡淡的檸檬香。

尤其喜歡拉著他，拜託他教我吹陶笛，因為他充滿檸檬香的手指頭，會隨著吹奏陶笛時的音符，飄到我面前，那是充滿鵝黃色的氤氳，童聲細語也是鳥語囀鳴，當時的午後，有著一份交心的快樂。

只是，所有的故事，都因那副耳環，急遽的劃下句點。

猶記得那是飄著雨的下午，我跟阿樂在家發呆，不能去院子裡玩，更不能騎自行車出去晃蕩。我終於忍不住溜進二姊房間，翻開抽屜拿出二姊的第一副耳環，是她最珍貴的耳環，也是我覬覦很久的耳環。

我偷偷拿回到我房間裡，同時也拉著阿樂進房間，我央求他幫我穿耳洞，因為我實在太喜歡這副耳環，很想看它戴在我耳朵上的模樣。

阿樂拿著耳環盯著耳環上的銀針發呆，他雙手顫抖著，畢竟要將銀針刺穿過一個小女生的耳垂，對同樣是小男生的他來說，是一件恐怖的事情，尤其對一個只有十一歲又溫和的小男孩來說，更是件登天難事。

我拗著脾氣跟他說：『你就用力的刺穿過去，我不怕痛。』

終於我的右耳聽見清晰的聲音，是銀針刺進肉裡一股暗暗的聲音敲進我心中，然而銀針卡在肉裡並沒如預期想像中的順利，耳環沒有穿透過耳垂，銀針也因此被折彎，火紅色的血液沿著耳朵流向頸子，衣服領口滲入一大片血跡。我尖叫接著大哭，說自己不怕痛根本是騙人，阿樂當下慌了！

拿起耳環丟在房間桌上，阿樂拉著我去廁所沖洗，血還是不斷的流著，阿樂眼睛泛紅，我知道他哭了。

二姊回家後找不到耳環，媽咪回家後更是生氣的責備二姊，好好的一副耳環也會搞丟，加上媽咪看見我耳朵受傷，媽咪知道事有蹊蹺，這時阿樂突然跪在媽咪面前，他一五一十的跟媽咪說出是他闖的禍。

是他拿了二姊的耳環，並且好奇的想幫我穿耳洞，媽咪非常震怒，從此翠姨跟阿樂就消失在我生命中。

從小到大，在我身邊來來去去的人不在少數，然而那年阿樂的離開是我最傷心的事情，我不懂自己在難過些什麼，說不出口也講不明白，就是那一整個全部的難受糾結在胸口，像是扣錯釦子的襯衫，不全部解開重來的話，根本不知道接下來該怎麼辦。

阿樂離開的那天，我順利的穿上耳洞，這是拜阿樂穿耳洞失敗所賜，讓我能夠提早在十一歲就穿上耳洞。

同樣的，我選了一對自己喜愛的耳環，只是那對耳環擺在身邊兩天，就覺得不再迷人，我愛的依舊還是二姊那對被折彎的『銀針凶器』，還有心裡沒說出口的是，我想阿樂，非常非常的想他，就算我擠再多檸檬，他的味道也未曾回來過我身邊，載浮載沉的人海裡，我依舊還在找那把心裡浮游的水標尺。

阿樂離開後的幾年間，家裡的幫傭陸陸續續換人，我央求爸爸要把翠姨找回來家裡幫忙。只是聽說他們母子回屏東老家，也聽說母子失蹤不知去向。

讀高中時陸陸續續、刻意非刻意的找尋名字裡有『樂』字的男生，認識這些男生後總會白痴的詢問『請問你母親是不是叫做翠姨？』什麼深思熟慮、深謀遠慮？我知道自己蠢得可以，我總不能上網張貼找尋一對母子名字裡分別有翠跟樂的？！要說我一步錯、整盤皆輸，就會覺得自己太可悲，但更悲哀的是總覺得事實就是如此。

後來的後來，那噩夢般恐懼的事實，是在我高中一年級，我終於知道阿樂的下落，卻注定我一輩子只能隱藏在心裡，不能說出口。

『從不懂得自己在想什麼。』是二姊罵過我的話，也是我的致命傷。

姊姊

『我認識你嗎？』我的語氣飽滿著氣憤。

小男生點點頭。

我沒有上樓，因為招來了跟蹤狂，眼前已經讓對方曉得了上班的大樓，所以更不能讓他知道自己上班的正確樓層。

小男生衝著我微笑：「妳忘記我了嗎？」

『你是誰？我不記得自己認識你，對不起，我想你應該是認錯人了！』轉身就要離開。

「我那時候只有這麼矮。」小男生對我比了一個手勢，高度只比腰際高一些。

我搖搖頭。

「我記得妳都會請我吃洋芋片跟喝鮮奶，還有一次是請我超級好吃的起司蛋糕！」小男生開心的笑開嘴。

我又是搖頭。

「妳在銀行工作對吧？我記得妳，因為我以前都跟著我媽去銀行，大人們談事情時我就坐在旁邊小小的辦公桌前吃東西，那張辦公桌就是妳的辦公桌。」

我還是搖頭。

「妳真的忘了嗎？好像是六、七年前的事吧？」小男生推算著。

這下我沒有搖頭了，我盯著他看，他的確非常面熟。

『喔！我想起來了，你是張太太的兒子。』

這次換成他點頭了。

『真巧，沒想到會遇見你，你還記得我呀？』

「嗯！當然記得妳，當時妳對我很好，所以今天在路上看到妳我還以為自己看錯了。」

『你長高了，完全認不出是你。』

「是呀！國三那年突然長高，現在已經快180了。」

『你讀大學了嗎？』

「我今年高三。」

『不用上課嗎？』

「我……今天蹺課。」他抓抓頭髮，給我個傻笑。

『好好讀書吧！不要蹺課唷……你媽會很傷心的。』

「嗯！」

『我先上樓去，我辦公室在樓上，以後等你有空再過來找我。』

我再度按下電梯鈕。

「我……我要跟妳說謝謝。」

走進電梯，面對門外的小男生，微笑的說：『不客氣，我也很謝謝你，小時候的你真的好可愛！Bye-Bye！』電梯門闔上。

那時候的他是幾歲？當時的他究竟是五年級還是六年級？制服上縫的名牌是五開頭還是六開頭？

畫面模糊開始漸轉清晰，回憶像是偷回家的小東西，突然緊緊抓在手中，我想起那年的他是五年級，國小五年級！

那麼現在的他應該是十七或十八歲，他喜歡喝鮮奶，他喜歡偷看漫畫，他被強迫收集郵票，還有那年他畫了一張生日卡送我，後來我把他給的卡片丟哪兒了？

他是個可愛窩心的小男孩，短短六、七年的光景他也變成個小男人了。

萬萬沒想到一個半小時後，我下樓時，這位小男生還在公司樓下等我。

我走出大樓，他距離我三步遠，緊跟著我，明目張膽的姿態，頻頻回頭，他衝著我就是傻笑，堆滿臉的稚氣傻笑，我繼續走，真猜不透現在的小孩腦袋瓜都裝些什麼？跟著我是有何目的？

我停下腳步回過頭來，他笑開了嘴，潔白的一口牙齒，藏在彎彎的笑容裡。

『你……要跟我借錢嗎？』

他頓時收起笑容，搖頭再搖頭。

『那幹嘛一直跟著我？』

「我……想知道妳住哪裡？」

『我住月球！你要跟嗎？』

「要，而且妳不住月球，妳住地球！」他又笑了，真是幼稚到家的小男孩。

『我搬家了，住在冥王星。』

「已經沒有冥王星了，因為沒有所謂的九大行星。」

『謝謝你幫我上天文課，我沒有要回家，因為還有事情要辦。』

「妳別管我，我跟在妳屁股後面就好。」

『不要跟了好嗎？你想知道我家在哪，可以給你我的電話，改天我們可以約好時間，再請你來我家作客。』

「不行，我今天的目標就是知道妳家！」

『呵呵……今天還有目標的呀？這算哪門子目標？』

我繼續走我的路、搭我的車，這傻小子繼續跟著我，走出手機門市辦妥復話，他還在跟蹤，除了明目張膽更多了幾分律動，可愛的他竟然試圖踩上我的影子，這年頭小男生都只會一股腦兒趕流行，對姊弟戀充滿好奇嗎？

我會生氣嗎？不會，我已經許多年沒有嘗試生氣的滋味，因為再過兩個月就要越過三十一歲，而且我學會忍耐，從小最擅長的就是忍耐，屬於絕不屈服的那種忍耐。

來自我的母親，她給予我一顆絕不屈服的心，可以承擔委屈，然而我的心絕不因為好惡或是挫折而屈服，那些仍然還在翱翔的夢，那些不可逆違的決定，那些來自於我母親的決心，不會因為苛責或是屈辱而改變，我始終是這樣走過來。

步行、捷運再轉計程車，終於回到甜蜜的家，小妹不知道還在不在家？

我抬頭望著住家的大樓，密密麻麻，究竟哪一層是我的家？

「已經回到家了嗎？」小男孩走到我身旁，學我抬起頭看著前方。

『嗯，到家了。』這句話回答的口吻，彷彿他也住在這裡。

我並沒有直接回家，『先跟我去便利商店吧！』

冰箱裡的東西琳瑯滿目，比起香港的便利商店我更喜歡台灣的便利商店。

『還是喜歡喝鮮奶？』

「妳還記得我愛喝鮮奶呀？我就知道妳沒忘了我。」

『當然，把鮮奶當開水喝的人，沒那麼容易忘記。』

電梯停在八樓。

「這棟樓一共十六層，妳住在第八層，很像妳，折衷的數字非常安穩。」

我停頓片刻，看了他一眼，實在不可思議，當時會選擇八樓，不是因為八是一個好數字，而是平衡，宛如一個寧靜的宇宙秩序。

位於八樓陽台的黃光小頂燈，像是散發著強烈的怨念燈塔般，幾乎把這棟樓，甚至整個社區方圓百公尺內的六足昆蟲，通通強制招喚過來。

猜想應該有颱風快來了吧？

『你不能在我家待太久，因為今晚我有一個重要的家族晚餐。』

「嗯，我知道妳父親剛過世，報紙上有看見這則新聞。」

小妹看見我拎著一位小男孩回家，滿臉狐疑。

『他是我以前客戶的兒子，今天我去公司前遇見他，他堅持要來我家……作客。』

實在找不到更恰當的字眼，總不能跟小妹說他是個跟蹤狂，堅持要跟著我回家吧？！

「你好，你叫什麼名字呀？」

小妹沒問他的話，我還真忘記他的名字，只記得他好像有個很特別的名字。

「我……我的名字，叫勇敢。」

「哈哈哈！你叫勇敢。」小妹笑得合不攏嘴。

『對，他叫勇敢，是他爺爺取的名字。』

「妳還記得呀？」

『當然，這種名字誰會忘記。』

他害羞的站起來，走向廚房拿了杯子，「妳們兩位要喝鮮奶嗎？」

眼前這位勇敢弟跟以前的他一樣，除了身高長許多外，還是一樣內向話不多，感覺一點兒都不勇敢。

『今天沒辦法多招待你，因為我跟我妹要準備回家了。』

「勇敢弟弟，下次歡迎你再來找我們玩。」

「妳是她妹妹嗎？怎麼……長得一點都不像。」

自小到大很多人跟勇敢問過相同的問題，他不是第一個發問也不會是最後一個，早已習慣的我有了一套完整的說詞。

『因為我長得像媽媽，她長得像爸爸。』

傍晚六點，台北透著快入夜的灰白，太陽還不願墜下。

三個人一起準備出門，在陽台邊穿著鞋，這個陽台適合看夜景，或許有山有雲有星有海有車河，可是卻沒有適合看夜景的人，一個都沒有。

黃光小頂燈，依舊圍繞著成群的昆蟲，看一隻飛蛾又撞上，細微的聲音發出令人毛骨悚然的咚，留下一圈隱約可見的磷粉絨毛痕跡，啪的落地後，幾近著魔似的執迷不悟，前仆後繼又再次飛起。

「二姊，妳家後面就是山，所以陽台有好多昆蟲跟飛蛾，亂恐怖一把的！」

「妳們會怕嗎？有空我來幫妳們抓蟲！」勇敢適時想展現出他的勇敢。

看著那被大小飛蛾盤據的天花板，像是闖進蝙蝠洞般，但實際上，除了我的一成不變，沒有任何東西會接著落下。

我切了陽台燈。

對於這些昆蟲來說，正像是狂歡之後的寂寥總讓人難以抵禦，所以黑暗中微弱的光點才會如此的誘人。

下樓後勇敢搭上計程車，我希望他直接回家不要在外逗留。

妹妹跟我搭上另一輛計程車。

「二姊，我想跟妳說一件秘密。」

『又是秘密，我可以不要聽嗎?背著妳太多秘密我都快喘不過氣了!』

「好啦!我的秘密除了能跟妳說，還能跟誰說?」

『信修呀!妳可以跟他說。』

「有些話不能跟老公說，所以才叫做秘密!」小妹賊賊的笑。

『說吧!』我心裡藏有小妹無數個秘密，多一個也無妨。

「妳還記得阿樂嗎？」

『阿樂？阿樂……是妳讀高一那年，讓妳離家出走的那個阿樂嗎？』

「他也是阿樂，但我說的是另一個阿樂。」

『另一個阿樂？哪個阿樂？』

「其實一直有兩個阿樂，一個是小時候我們家翠姨的阿樂，另一個……也是翠姨的阿樂。」

是我糊塗？還是小妹說的話語無倫次？

我無法猜透她所謂的『兩個阿樂』。

「高一時我離家出走那個男生，他是阿樂，但他是唯樂，是另一個阿樂的弟弟。」

『那另一個阿樂是哪個阿樂？』

「另一個阿樂叫做永樂，永樂是哥哥，唯樂是弟弟，兩個人都叫阿樂。」

『我弄懂了，原來這兩個阿樂是兄弟，對了，我想起來，但是另一個阿樂……他不是過世了嗎？』

小妹突然停下話，點點頭，車內透進外頭的街燈，燈光閃滅之際，我看見小妹的淚水滑落。

計程車轉入巷子，面對突然哭泣的小妹我不知該怎麼說話。

計程車停了下來，已經到家了。

『到家了，我們……晚點再聊秘密吧！』

媽咪跟大姊應該等很久了吧？

妹妹06

沒用的我，怎麼直至今日聽見『阿樂過世』還會淚流不止？說我無能為力比較好，連訴苦也不知道該怨誰會比較好，那是我第一次感到人生是多麼的無趣跟沉重，沉重到有眼淚也只能在眼眶裡打轉、打轉、打轉，夜深人靜自己一個人泫然欲泣的時候，想起阿樂就會強烈的憎恨起自己的懦弱、幼稚與無奈。

升上高一那年的暑假，終於熬過難受的聯考，也考進媽咪心目中理想的學校。

炎熱酷暑的下午，阿樂突然來到我家，他長高好多、好多，用著陌生的眼睛看我，難道他忘了我嗎？

他並非來找我，而是來找我父親。因為他想見翠姨，他的母親。

那天下午只有我跟家裡幫傭在家，媽咪帶大姊跟二姊出門去爺爺家，那是他們的爺爺，是大姊跟二姊親生父親的父親，不是我這個外人能參與的家族聚會。

坐在客廳的阿樂，我直盯著他看：『你忘了我嗎？』

阿樂搖頭。

『你現在還有在吹陶笛嗎？』

他搖頭：「我不會吹陶笛。」

『你小時候會吹的！而且很會吹。』

「我來找我媽，她還在這裡工作嗎？」

『沒有！她已經離開很久了。』

「我一直以為她還在這裡工作，她沒跟我說她已經離開了……」

這位陌生的阿樂眼神中充滿失望，跟過去小時候那個阿樂截然不同。

『你真的不會吹陶笛嗎？』

「我想妳說的是另一位阿樂吧？他是我哥哥。」

『你……你是說有兩個阿樂？』

這是什麼世界？現在的情況是花系列還是連續劇？我整個人陷入一團迷霧，竟然有兩個阿樂！

『你們是雙胞胎？』

「嗯！我是弟弟，自從我爸跟我媽離婚後，我跟了我爸，另一個阿樂跟了我媽。」

『那他呢？』

「我……因為找不到聯絡我媽的方式，所以從屏東趕上來台北，就是要跟我媽說，我哥他……他過世了。」

『阿樂，那個阿樂過世了。』我不知道怎麼了竟然哭不出來，只覺得他在開玩笑，因為眼前的他就是阿樂呀！怎麼可能過世？！

一定是他在開玩笑，從頭到尾只有一個阿樂，就是站在我眼前的這位阿樂！

「兩個月前，我哥上學途中，他騎著腳踏車，不小心被砂石車輾過……」

唧！煞車聲在我腦海中爆開。

我坐在溫暖河渠的血液旁，極為拙劣的看著，阿樂的身上佈滿車痕，一道又一道。

我們一起活過的那些青春燦爛、那些共同記憶，就這樣被輪圈輾過、狠狠掠奪。

「國小六年級的時候，有一天哥哥突然轉學回屏東，但是我媽還繼續留在台北幫傭，她應該還在妳家才對？她不可能離開的！」

他哭了，是因為哥哥過世，還是因為找不到母親？

如果阿樂不是因為我，他不需要轉學回屏東，如果不是因為我的好奇，阿樂也不需要天天騎腳踏車上學，更不會在他年輕生命正當展現光芒之際猝然離去！是因為我的無知跟幼稚，都是因為我。

阿樂像隻飛過廢墟的夜蛾，飛在這個不上不下的空氣中，到底是為誰拍動低調華麗的翅膀，啣著無處訴說的哀傷，茫然顫動的觸鬚，他是要往哪兒飛去？

阿樂彷佛飛到我面前般，拍翅撞擊的聲音，在無聲的寂靜裡，是如此的震耳欲聾又衝擊人心，停滯拍動了雙翅，似乎只是加速天火的降臨。

他直直的往光芒那裡飛撲去，灑落最少的顏色，有逐漸撲火的錯覺，但卻回頭向我張望，那張望的瞬間，看著我只是盡情的迎向燒灼，他身不由己的伴隨著強顏歡笑的束縛。

十歲的夏夜，那些無法入睡的夜晚，阿樂會偷偷拉著我去院子裡玩耍，除了悶熱，另外一點討厭的，是蟲多。

阿樂會抿抿嘴，用毫無表情的手指，彈掉卡在紗窗上的不知名有翅昆蟲，我也學著他拉下那些卡住的小蟲，兩個十歲小孩在半夜，自以為有趣的玩著抓蟲遊戲，那細小幾乎如線的腳肢節勾住紗窗密麻的空格。

不知道為什麼，現在浮現在我腦海中，突然那些細微肢節是如此的顯眼，像是被瞬間放大般。

那年的夏夜不是那麼的一瞬間，而是始終始終停留在我心中的夏天。

一顆小小的心臟，硬生生強迫自己塞進整個夏天。

「到家了，我們……晚點再聊秘密吧！」

二姊陪著我站在房子外深呼吸，她應該知道我還沒準備好說出心裡的話。

二姊怎麼能夠不斷不斷地接受我傾巢而出的秘密？

因為我討厭秘密，可是卻又愛跟二姊說秘密。

我至今仍在自己的秘密小徑中迷失，找不到回家的路。

而我的心一直是個沒有秘密的地方，我所收藏的，恐怕都是二姊所不感興趣的，我的秘密像是一幢屬於我，擁有秘密小花園以及短短煙囪的家。

進到家門，媽咪跟大姊兩個人坐在餐桌前，今天是很純粹的家人聚會，四個女人齊坐在桌前，沒有大姊夫、孩子，當然也沒有信修。

靜默靜默靜默，展開最寂靜的晚餐。

筷子敲打到骨瓷的聲音，清脆入耳，顯得異常冷冽，「我忘了準備湯碗。」大姊發出細微的聲音。

接著她站起身來，走向廚房。

『沒關係，不必用湯碗了，今天我們這樣喝湯就好……』

我碗裡的水餃已經吃淨，伸出手準備舀湯。

「去拿湯碗了，用湯碗喝湯。」這是肯定句，媽咪的話跟空氣一樣冰冷。

我放下空碗，看著母親。

小學一年級的夏天，她成為我的母親。

她視我如己出，從那年開始，我強烈感受到她非常的愛我，關心我生活起居，從小有記憶以來對於『媽媽』這個名詞嫉妒陌生，想起小時候只要起床時心情不好，會將牙刷拿到水龍頭底下玩耍，玩到全身衣服濕透，看電視看漫畫是我的最愛，想吃炸雞就連續吃個三天痛快！

想吃蕃茄醬就整罐倒進碗裡，愛怎麼吃就怎麼吃！

那些都是小學一年級前的事了。

媽咪嫁給爸爸之後，我開始懂得女生一定要常穿裙子，開始懂得女生留長髮是美麗的，開始懂得兩個新字眼：『有氣質』跟『有家教』。

媽咪很愛我，因為每天夜裡她會親自來我房裡，幫我蓋妥棉被，她會親吻我的額頭，她會擁我進懷裡。

我也愛她，因為她對我百般疼愛，只是不知從何時開始，她的眼神在我面前砌起一道隱形的牆，愈砌愈厚、愈築愈高。

突然媽咪停下筷子，看著我。

我也看著她，一秒、兩秒、三秒、四秒……

「媽咪記得妳黑色衣服很少，對吧？」她開口了，魚尾紋隨著微笑牽動。

我答不上話，這下我才明白媽的眼神，因為我身上穿著一件粉紅色線衫。

老爸才剛剛大殮，身為子女的我應該穿黑白色系的衣服才是，看看身旁的二姊，她穿著白色上衣，大姊也是，媽沒說但我知道自己從小就是個問題小孩，製造問題、引來問題、否決問題。

「小妹，妳的新書哪時候出版？」大姊試圖岔開話題。

『應該快了，今天上午已經拿到新書的內文。』

「我這次回來多買了好幾本妳的書，錯過好多本沒看。」

『姊，我的書應該不太合妳的胃口吧？』

「不會呀！在紐約我有些朋友非常喜歡看妳的書，還經常拜託我如果回台北的話要記得拿書給妳簽！」

『姊，以後只要出版新書我都寄過去美國送妳！』

姊妹這樣的對話，相當生疏，不像兩個家人，客套是大姊一直以來的保護色。

兩個姊姊都是，因為媽咪是創始者兼教導者，還好二姊從小跟我無話不談，所以她不會在我面前演出保護色。

晚上八點又二十四分鐘，約好九點，再過半個小時又六分鐘，信修會來接我。

可是心裡塞了滿滿的話想跟二姊說，關於嶺、關於信修、關於阿樂、關於未來的一切未知……

焦躁不安，牆上的大鐘指向九點二十七分，修遲到了。

傳了簡訊給他。

他今天又有趕不完的會議、趕不完的公文。

回傳簡訊給修，告訴他今晚想去二姊家過夜，一來想跟二姊好好聊聊天，二來怕明天家裡又冒出不速之客。

姊姊

媽咪老了許多，坐在客廳看著她的側臉，她凝視電視螢幕的雙眼，許多滄桑寫在臉上。

模糊記得她左邊太陽穴曾經被爸爸痛毆過，那是爸爸第幾次打她，我已經不記得，只記得那一次打中太陽穴，血流滿整張臉、整個胸口，還是大姊撥打119求救，我們三個女人才得以脫離恐懼深淵，我的親生父親並不愛我們，媒妁之言難道不會有真愛?!繼父反而疼愛我們如親生。

離婚後母親還是會定期，每半年會帶我們回親生父親的家，我的祖母依舊是嚴肅的老佛爺，親生父親依然故我，有時候我甚至會懷疑自己身上流著父親冷血的基因。

「二姊，晚上我去妳那兒睡好嗎？」小妹靠過來跟我說話，我正吃著櫻桃，杯子裡八分滿的檸檬水，我只淺酌了一口，因為我討厭酸，但檸檬水是母親多年來的最愛。

『信修呢？他不是要過來接妳回家？』

「他今天又要加班了，因為東南亞廠房最近一直出狀況，他必須坐鎮公司，唉……突發狀況所以要在今晚馬上處理。」

『好吧……那跟我回去吧！已經快十點了。』

「聽聽妳們大姊彈完琴再回去吧！」

母親示意，大姊已經坐在客廳那架平台鋼琴旁。

大姊是旅美音樂家，能聽到她彈琴是一種愉悅的幸福，已經許多年沒聽過她彈琴了。

我們坐著。

凝視著大姊的雙手，如蝴蝶般不自覺地停佇於沃腴春泥似的琴鍵。

我知道自己是不算擁有音樂天分的那種人，但是能夠清楚知道一件事情，聆聽樂音時我的生命，竟能發現藏著許多古老的靈魂。

那些古老的靈魂們在我體內愉快的談笑，那是一個沒有人能阻止，單獨並且隱密的愉快。

離開前，走過家中庭院，嗅著一股桂花的氣息，空氣中每一個分子，都有懷念的味道，那是我從小熟悉的氣味，家門前就種著兩排桂花，那甜香像是嵌在生命中，這裡，孕育了我二十年成長的老地方，是永遠無法抹去的青春燦爛。

我曾經偷摘過上百朵小桂花，乾燥後放在小玻璃罐裡，送給那位暗戀許久的大男孩。那時的舉動，是第一次我嘗試用最微弱的方式，就像麵團發酵時散發出細微的力量，那股肉眼看不出來，發酵時的膨脹張力，細微的、小心的證明自己也能夠有熱情。

然而那位大男孩心動的是小妹，後來大男孩牽著小妹的手步上紅毯。

「夜裡桂花特別香，信修很喜歡桂花香。」小妹穿好鞋走來我身旁。

我聽見小妹說的話，我當然知道信修喜歡桂花香，我當然知道，我當然知道。

再度拎著小妹回家。

停在八樓，電梯門打開，看見一個小男孩蜷縮在家門口。

男孩抬起頭來，是勇敢，他蹲在我家門口，腳邊放著一包不小的背包，該不會是離家出走吧？

「姊姊，妳們回來啦？」勇敢笑著迎接我們。

『你怎麼來了？』我這裡是收容所嗎？

「我……可以借住妳家幾天嗎？」

『你媽知道你要來這裡嗎？』

「我媽她回加拿大了，要很久才會回台北。」

『所以你就可以這樣隨便離開家裡嗎？』

「妳誤會了，我不是離家出走，我是想要拜師學藝！」

我真是傻眼了，勇敢老弟是穿越時空從古代來到二十一世紀嗎？還拜師學藝咧！我看他乾脆上山修行算了！

我跟小妹被他這句話逗得大笑起來。

「二姊，有人要來跟妳拜師學藝耶？好神奇，我有沒有聽錯呀？」

「我不是要跟姊姊拜師學藝，而是要跟姊姊的妹妹拜師學藝！」勇敢指著小妹。

「我？我不會吞劍跳火圈，也不會點穴耍花槍！你要跟我拜師學藝？」

「我喜歡寫東西，我知道妳很會寫作，妳的書我都有拜讀，所以我要跟妳拜師學藝！」

勇敢的眼神充滿勇敢，好大的勇敢啊！一股驚天動地的勇敢。

『我先進去了，這裡交給妳搞定！』我閃進家門裡，讓小妹去搞定勇敢。

「我看你睡旁邊那間客房好了！」小妹竟然客氣地招呼一位未成年少男進我家。

『不太好吧！』我拉著小妹進自己房間。

「好啦好啦……就讓他暫時住幾天，誰叫妳妹最近變成懶惰鬼，連出版社送來的稿子都懶得看，他剛好可以當我的小助理。」

『妳只會打自己的如意算盤，有沒有想過勇敢他可是認真想跟妳學寫作？』

「誰說我不教他！我會教他，但是要先從基本功打起，幫我校稿改錯字。」

說不過她只得走出房間，拿了一床涼被來到客房交給勇敢。

「姊姊，謝謝妳，我知道突然求妳讓我住進來實在很為難，但是請妳放心，以後家裡的打掃整理工作通通交給我！」

勇敢又是一張可愛的笑臉，跟小時候喝鮮奶時的笑容一模一樣。

『整理完就先睡了吧！』

「喔！妳妹妹剛才交給我一份稿子，我今天晚上就會把稿子看完仔細找出錯字！」

『……』我不知道該怎麼回答。

勇敢站在我面前拿著稿子開心得很，我實在不應該再潑他冷水，他突然緊張的翻找起東西，拿出好幾張Ａ４紙，上頭印著密密麻麻的字。

「這是我寫的東西，我都在網路上發表，我的筆名叫……叫膽小鬼。」

『哈哈哈！膽小鬼，是勇敢的反義詞喔！』

「是啊！其實我一點都不勇敢，我是膽小鬼，我只敢用文字說出自己心裡真正的話。」

勇敢抓抓頭，害羞的將那疊紙張遞給我。

我拿著勇敢的一疊文字，走回房間裡，小妹在浴室裡洗澡。

發覺自己的首飾盒被動過，肯定又是好奇的小妹翻的，會心一笑，妹妹從小就戒不掉偷偷窺探的毛病，這是她可愛的地方。

手機響起，我還聽不慣這個手機鈴聲，響了許久，等自己回過神來，手機都快轉入語音信箱。

『喂？』趕緊接聽。

「二姊嗎？我是信修。」

『嗯……』

「小妹睡了嗎？」

『還沒，她正在浴室盥洗。』

「那……小妹今天晚上就麻煩妳了。喔！對了，她睡覺沒抱著小貝，所以要麻煩妳幫她找個替代品。」小妹睡覺的奇特習慣，他細心的叮嚀著。

『沒問題，她睡覺的習慣我比你還清楚！我有辦法的。』

沒想到回到台北接到的第一通手機電話，竟然是信修打來給我。

清澀、單純、沒有設限，那是我想著你的氣味，我直到今天、直到現在才了解！

許多年前的那個夜晚，慶功派對後的深夜，我不該讓你載著我繞回公司拿資料，在空無一人的會議室裡我刻意推開你，緊張的回到座位膽怯地敲打著鍵盤，我一邊隔著螢幕哭泣，同時我也顫抖著身軀。

我當然知道彼此的企圖，我當然知道這是一個甜美的陷阱，我當然知道你選擇要陪我回家的意圖。

我當然知道如果到頭來我受了傷，必須獨自一個人默默承受所有的無盡哀傷。

五年前的那夜我像是突然理解似的，然後你向我道了歉，你坦承微醺的夜你對我有些心動，我卻對你說，我們兩個還是保持一點距離的好。

那時的你是怎麼想我的？

我在回憶裡刻劃著你的那個夜，我流著淚的那個夜。

那個夜的捷運末班車早就結束，我故意說謊要你載我去最近的捷運站即可，從未搭乘過大眾交通工具的你，又怎會知道？你尷尬的、傻傻的載我去搭捷運，那個夜，你絕對不知道我站在捷運口直到天明。

清晨的台北，我看見了一隻燕子，翩翩低飛在一段幾乎荒涼的空氣中。

也許等一下會下雨吧？

我期待燕子帶來一場驟雨，最好狠狠的傾盆而下，於是我站在捷運口等著雨襲。

最末，我沒等到雨淋，卻在心裡下起一場孤寂的雨，磅礡至今，尚未停歇。

距離當年站在捷運站口的我，這五年來，看著現在的我，是長大了什麼？還是堅強了什麼？

又多了多少勇氣呢？

後來因為我，你認識了小妹，你說你是全世界最幸福的男人，你說你跟小妹是最相愛的兩個人。

又說你跟我是無話不談的知心好友，你說你真的真的好幸福、好幸福。

我知道你真的很幸福。

但，你永遠不知道，那夜之後，我硬生生強迫自己，刪除了你。

後來的後來，我未曾再在台北清晨見到過燕子低飛。

我轉身走出房間，進廚房倒水，拿起勇敢的創作開始無心翻閱。

目光停在隨意的一行，文字勾住我的視線，閃躲不開，接著杯子裡的水流洩，溢出杯口，我驚訝的愣在原地！

【穿透】

by 膽小鬼

我恨不得刨出自己的雙眼，免得再次注視著妳，
我恨不得割下自己的耳朵，免得聽見妳的笑語，
我恨不得剪去自己的舌頭，免得講出不愛妳的違心之論。
十指嵌入妳纖細的頸項，紅汁液慢慢滲出指縫，染上荳蔻，
在清晨微光中，低飽和光線下顯得格外刺眼。

極美的畫面。

如果缺了眼，我該如何凝視著妳？
如果缺了耳，我該如何聽見妳愛我？
如果缺了舌，我該如何告訴妳？我愛妳。

火紅的血從妳右側鼻翼流出，在地板上出現一個漩渦，
沿著逆時針方向不斷旋轉，溶化的眸、溶解的唇，

柔軟冰冷的妳，依偎在我懷裡，
保留現在的妳，將每一個細胞都留在我身邊，
唯有死亡才能展現我對妳深刻的愛。

站在廚房的我，吞嚥著口水，呼吸亂了拍子，勇敢只敢把勇敢放進文字裡，他的文字讓我全身發顫。

他才十七歲，怎麼會這樣解讀愛情?!

拿著勇敢的文字，我走回房間裡。

妹妹07

好久沒這樣看著二姊熟睡的表情，緊閉雙眼的她還皺起了眉頭，手中握著一疊紙，酣睡著的她，直到天暗天明，彷彿一整個世紀的疲倦，都安歇於這個太陽的日子。

想必她的工作壓力一定很大，那些都是我永遠無法想像的沉重。

一個小小的抱枕上頭擺了一張紙條，是二姊的字跡。

『這兩三天累壞了，如果我不小心睡著的話，這個東西給妳代替小貝！』

那是一張薄毯捲成圓柱狀，它是小貝的替代品，像是一只抱枕，是我今天入睡前要抱裹的『東西』，正確來說小貝是一隻絨毛填充玩具，她是一隻玩具熊，是老爸在我小時候買來送我的，從我有記憶停留在腦海開始，小貝就一直在我身邊，我不僅僅只是單純的抱著她入睡，而是將她整隻塞進自己衣服裡面，讓她直接貼在我胸口，完全沒有任何隔絕的衣物擋在我跟小貝之間，深夜輾轉無眠的夜、夢魘困擾纏鬥的夜，都有小貝始終黏在我胸口，陪伴著我才能得以踏實的入眠。

當老爸知道我不能沒有小貝陪伴著入睡時，他開始四處購買同一款的玩具熊，不知道他當年買了幾隻？應該不少於五隻吧？！

幫二姊蓋上薄毯，入秋的台北，夜裡透著幾絲涼意，推開房間落地窗，窄窄的陽台，粉灰色的瓷磚除了鋪滿一地，更往上延伸到半個人高的腰際，上頭接著黑色欄杆，羅馬柱狀的欄杆。

陽台上，入秋的風吹進台北盆地的缺口，瞇起眼睛，遠望樓下馬路旁，黑暗中人影幢幢，各據著幾個角落，燈光穿梭照射，突然好想一個人，這一個人是想起某一個人還是想自己一個人？

這定義差距甚遠！是想著某一個人或是想要自己單獨一個人，那個人是誰……是阿樂？還是信修？

我經常思索這弔詭的情緒，那種弔詭是怎麼從心裡冒出的？要命，真要命。

這種詭異像是一瓶時間罐頭，只要打開正確依照罐蓋上的指示，逆時針平穩的轉動罐頭，就可以瞬間轉回那一刻，轉回到揹著書包的黃昏，學校制服的夕陽，那些急著長大的午夜，不知飄往哪裡，那些被風掠過的傷心音符。

也許，一直有著雙重標準的人始終是我，言行不一的也始終是我。

走回床邊，將二姊手中的紙張拿起，上面印著：【穿透】—by膽小鬼這該不會是勇敢的文字創作吧?!看了這篇新詩,這應該算是新詩吧!真有趣,一個十七歲的小男孩學著大人裝成熟、裝憂鬱,好可愛的小孩,文字居然如此充滿力道!這樣等他年紀漸長,他又該如何描繪愛情?愈寫愈深或是愈寫愈淡?

突然察覺自己在創作上對文字充滿了含蓄,我不敢用這麼強烈的字句去描繪情感,或許年輕時也曾經這般勇敢過……

睡了,不再去想,不管是信修、阿樂,還是曾經的誰或未來的誰,晚安了,悶熱又透著涼意的台北。

究竟過了幾個小時,雙眼被落地窗透入的光線刺醒,揉揉雙眼,想著昨夜走過涼涼的夢境,瞬間已經來到早晨。

床的一側只見摺疊好的薄毯,二姊早已經起床,伸長耳朵聽見房間外有談話聲,彷彿從餐桌旁傳來一陣陣笑聲,二姊跟勇敢嗎?不過好像有另外一個陌生男人的聲音?

該不會是恐怖的嶺?!見鬼的陰魂不散、死纏爛打!一早起床就給我來一記狠狠的回馬槍!

趕緊刷牙洗臉,走出房門,二姊身旁坐著勇敢,勇敢對面坐著一個男人,一個陌生男子的背影，好險這個人不是貘！

穿著淡粉紅色的上衣，肩膀不是很寬，是個好看又舒服的背影，他的髮尾已經有些稍長，髮絲有著淡淡的挑染，薄薄的一層淺褐。

他轉過身來，我終於看見他，是二姊家對門的游先生。

勇敢馬上站起身來：「妳要喝鮮奶還是咖啡？」

『咖啡……』有氣無力的打了個哈欠。

「我去煮。」勇敢放下手上的一疊紙張，是那些我即將出版的稿子。

坐到桌邊，二姊遞給我一盤早餐，荷包蛋、火腿片還有起司。

「這是游先生親手做的早餐。」二姊微笑著。

『謝謝，怎麼會想到做早餐請我們呢？』

「早上在樓下遇到妳姊，他正想去買早餐，我跟她說我要自己弄早餐，如果不介意可以多準備一些。」

我轉過臉看著二姊：『所以游先生就弄了這麼豐盛的早餐！』

「是呀！他煎的蛋還挺好吃的。」

二姊又是微笑，她哪時候變得這麼花癡？是渴望愛情到暈頭轉向了嗎？

「剛剛有稍微看見妳寫的東西，還滿好看的，妳寫得很好。」

『什麼是稍微看見？想看就光明正大的看呀！還有稍微看見這種神秘字眼的？』

「喔……那是因為勇敢坐在我對面，他手上的紙張正好是妳的稿子，所以難免會稍微看到一些。」

『嗯，原來如此，你幹嘛這麼緊張的解釋？呵呵！我很兇嗎？』不明白游先生是緊張還是謹慎？他很擔心我誤會。

「有機會邀請妳上我的廣播節目做專訪，聊聊現代男女之間情感的問題，好嗎？」

『好啊！選日子不如撞日子，那……就今天吧！』

「咳咳……咳！」不知道二姊是被咖啡嗆到，還是被自己手中的報紙新聞嚇到？！

「不好意思，我妹經常耍寶，她應該是跟你開玩笑的！」二姊嘴角上還沾著一點點麵包屑，她跟游先生解釋著。

『我才不是開玩笑，要嘛就今天去上廣播節目吧！』我看著游先生驚訝的表情。

「我們電台上專訪的來賓都要事先跟主管告知一聲……」

『所以剛才你說的邀約是隨口說說？還是真的想專訪我？』

游先生肯定的點頭：「妳是暢銷作家，而且妳又很少上廣播節目，我當然是誠心邀請妳！」

「你是因為我是個暢銷作家所以才邀請我？如果不是的話，那不就是隨口說說？」

『妹！妳今天怎麼了？』

「沒關係，我喜歡她這種說話方式，這種對話方式如果換成廣播節目內容一定很精采！很好聽！」

「你不要這樣抬舉我妹！」二姊瞪著我，我偷偷吐了一下舌頭。

「不要這樣說，我是很誠心的想邀她專訪，如果她有興趣，每週可以固定一天來我的節目，我們可以一起聊聊兩性之間的話題。」

『兩性話題呀？有意思，嗯，好！我會去上你的廣播節目。』

非常有意思，尤其是對這類愛講客套話的男人，極有可能外表紳士內心道貌岸然。

「灰姑娘姊姊，妳的咖啡。」勇敢煮好咖啡，小心翼翼的端到我面前，像古時候武林人士叩首拜師時敬酒的神情，真是個好嚴肅的小男孩，不過卻認真得可愛。

姊姊

我怎麼會有這樣一位天才老妹？簡單的問題卻都能具備最冠冕堂皇理所當然的答案。

游先生笑得非常尷尬，他一定很嘔自己何苦請這頓早餐。

我永遠記得小學時的那段芝麻小事，冬天來臨之前，我早就從衣櫃裡翻出許多厚衣服準備著。

因為我很怕冷，所以圍巾、手套、暖暖包我都準備三份以上，凡是能保暖的東西我幾乎都有。

「從明天開始換穿冬季制服！」放學前，學校廣播大聲放送著。

這句話就代表，寒冷的冬天已在我面前不遠處了。

太好了，每年冬天前的未雨綢繆，都能帶給我十足溫暖的寒冬。

冬天來的某個早晨，出門前，我在制服裡多穿了一件套頭高領毛衣，而且還圍上將近長三公尺的圍巾。

「二姊，妳這樣不會熱嗎？已經穿套頭的衣服了，還需要圍上圍巾嗎？」小妹皺著眉頭看著我。

『不會熱，很溫暖。』我坐在玄關穿鞋子。

「哈哈，妳的圍巾再長一點的話，整張臉就會被遮住，而且妳這樣繞呀繞的……整顆頭變成一坨大便了！」

她還沒說完，就開始大笑了起來。

小妹講話就是這樣機車。

後來到了學校，我問了幾個要好的同學，她們也都點頭狂笑，直呼我的頭很像便便！是漫畫的那種可愛便便。

我再三聲明是漫畫那種便便或者是霜淇淋那種可愛的形狀，下課時間我去廁所照鏡子，看著咖啡色跟灰色交織成的圍巾，將近三公尺的長度，繞起來確實非常像一圈圈的大便。

小妹說話很精準，絕不誤殺。

信修也經常被她說的話，逗得笑彎了腰，美麗又幽默的女人實在難得，出現了怎能鬆手放過。

可是總會想起沒幾天前我還在上海時，妹妹在MSN上對我說了一句怵目驚心的話，當時她打了一個奇怪的表情符號，再加上一句『我住在幸福的象牙塔裡』。

開始擔心她跟信修之間怎麼了？

但這趟回來才發現一切都是我在窮擔心，信修始終是她的白馬王子，她讚美他、詠嘆他，化他成詩成句，書寫在她的字裡行間。

他們依舊還是童話故事般的美好無瑕。

「那我先回去了！」游先生起身，禮貌的將椅子收好：「盤子等有空再還我就行。」

『不好意思，第一次來我家就麻煩你請我們吃早餐……下次換我們請你吧！』

「沒關係，很高興能認識妳們姊妹，喔！還有勇敢。」游先生微笑的走向大門。

『有空再來。』

「嗯，對了！下次不要再叫我游先生，直接叫我Oscar！」又是一個基本禮貌的微笑。

「奧斯卡？你叫奧斯卡呀？」小妹笑了出來。

「學生時代取的英文名字，久了習慣了就一直用到現在。」

「你看看你，又在解釋了！」小妹認為他在解釋，可是我怎麼也聽不出來游先生哪裡像解釋？

奧斯卡離開我家大門。關上門，回過頭。

妹妹鄙夷的眼光射向我：「姊，怪怪的喔……妳怎麼會讓陌生人進妳大門？」

『他是鄰居！是鄰居！萬一我以後經常出差像以前一樣頻頻出國，他總能幫我照顧門戶吧！』

「還敢説我利用別人，妳自己還不是一樣！」小妹坐回餐桌前：「不過話説回來，這個奧斯卡雖然沒有影帝模樣，但是長相跟氣質應該足夠提名跟入圍了！」

『妳在説什麼提名跟入圍？他是廣播人，不是演員！』

「我當然知道！我是說他的整體感覺還挺不錯的，咦？妳應該沒有在上海或者新加坡偷藏男朋友吧？」

正在校稿的勇敢偷偷笑了出來。

『如果我交了男朋友就不會偷藏！又不是見不得人的事，何必偷藏？』

「那就對啦！妳未嫁他未娶，又門當戶對的住對門！」小妹拋給我一記媚眼。

『妳是月老還是媒婆？』

奧斯卡為何對我……正確來說是對『我們』這麼好？

其實他的條件算是不錯，可是他沒有那種讓我怦然心動的氣息，是我老了還是對愛情遲鈍？

他會是我的白馬王子嗎？是我鏽了還是笨了？

話說回來，從小到大，從思春到熟透，總而言之，我的愛情永遠少了動人的戲劇張力，年過三十更是別多加奢望。

「姊，妳吃飽了嗎？」

『嗯，吃飽了。』

「真的嗎？妳不是討厭吐司、討厭火腿？要不要再來一個煎蛋呀？」

『嗯……好吧！』確實是不太足夠，剛才勉強吃下半片火腿，那種鹹鹹的失去肌理的加工肉，我確實不喜歡。

「哈！那我就來煎個『流膿』的蛋吧！」

『妳真夠噁心！』

「哈哈！我還想表演『吸膿』給妳看！」小妹像個小精靈般跳進廚房。

說她幼稚也罷，妹妹自小就是這麼可愛，難怪周遭每個人都會喜歡她這個小公主。

沒察覺勇敢已經把整張臉塞在沙發上。

『勇敢，你還好吧？』

「嗯……」他悶著聲狂笑，又突然抬起頭來：「妳們姊妹倆平常說話都是這樣的嗎？」

『大部分都是這樣！怎麼了？笑到岔氣啦？』

還好吧！小妹跟我平時的對話一直是這樣。

「叮咚！」門鈴響起。

該不會是對門的奧斯卡？

打開大門，是信修站在門口，手上拎著一包早餐，而且是一大包早餐！

「妳們還沒吃早餐吧？我買來跟妳們一塊兒吃！」

我還來不及搖頭，信修已經脫下鞋子走進大門，勇敢迅速從沙發上站起來，還禮貌的送上一個鞠躬。

「這麼早就有客人？」信修把早餐放到餐桌上。

『喔……他是我以前客戶的小孩，他家人都在加拿大，昨晚他來找我，因為太晚了……就借住在客房！

『他……他的名字叫做勇敢。』我緊張個什麼勁呀？回答的口吻搞得活像是捉姦在床！

「喔，勇敢？很有趣的名字！」信修看了一眼勇敢，接著問：「小妹呢？」

『她在廚房煎荷包蛋！』

「我去幫她！」信修走進廚房。

我看著他的背影，想起剛才緊張回答勇敢的事情，就像回到兩年前，他跟小妹步入禮堂的那晚。

那夜喜宴我喝了數十杯紅酒，再加上五杯威士忌，試圖讓這沉重的感情酒醉不醒。鎖鍊套牢著我的身體，動不了，甚至都不能思考。

那夜是下著雨的黑暗，我第一次走進了牛郎店。

失去深愛的感受是多麼的狼狽，淋在我身上的冰冷雨水可以證明一切。

「一個人?」裡頭一位高高的男子問著。

『嗯……』酒醉的我心不在焉的回答。

「請問妳要的是哪位來陪妳?」他親切的詢問。

『上等貨。』我恍惚的看著他，說了最不切實際的話。

「好!我們這裡最近來一個年輕的，妳稍等。」說完後，就走離我的視線。

我是多麼狼狽呀!今天晚上縱使身殉，也不後悔!

顫抖的雙唇跟雙手等候著陌生男子的降臨。

「妳好!」

『嗯……』躺在沙發上的我，微微張開雙眼，看著眼前的男子。

「妳要待在這裡還是跟我出去?」他走過來，坐到我身旁。

『嗯……』我張開雙唇，眼前的男子，高高的修長身軀像天使般，有著迷人的膚色，明亮的雙眸。

他將身體欺近我，親吻了我的雙唇。

「這樣好多了嗎?」他看著我。

我瞪大雙眼望著他，因為被天使親吻的感覺，是美好的事。

「好吧!我們出去走走。」他把我拉進他的懷中，走出店裡。

外面的雨依舊沒有停，路面上的積水，映出滿天的漆黑。

「會冷嗎？」他把雨傘靠在肩膀上。

『嗯……』我一直望著地上的積水，渴望上面能夠映出彩虹。

「走吧。」他拿起雨傘，牽起我的手。

『我們要去哪？』

他沒說話，卻緊緊的握著我的手，往前方走去。

「就是這裡。」汽車旅館的霓虹招牌閃耀著曖昧的光芒。

我看著眼前，如此天真臉孔的天使，我笑了，失去信修後的我，第一次微笑。

進到房間後，他開口說話：「坐下吧！妳衣服都濕透了。」他脫下自己的上衣。

我走向床鋪，坐了下來。

他朝我走了過來，一顆一顆解開我襯衫的鈕子。

『你……你要幹嘛？』我試圖想推開天使。

「服務客人，是我的義務。」他冷淡的回答。

他親吻著我的脖子，慢慢褪去了我的襯衫。

面對天使的擁抱，我是多麼的軟弱無助。

他輕輕撫摸著我身體的每一吋肌膚，温柔輕點的撫觸著。

接著他自然的把手伸進我的下體，靜靜的貼合、緩緩的觸摸。

『嗯……』我竟然呻吟了。

天使用他的雙唇封住了我的唇，用另一隻手揉捏著我的胸。

身體再也不是我的了，下半身灼熱，他把頭往我雙腿之間探去，用他的舌尖肆意挑逗。

我喘著氣。

「要進去了。」這句話是我那晚最後記得的一句話。

隔天早晨醒來，天使男孩已經不在身邊，我怎麼也回想不起天使的樣貌，回過神來突然緊張的站起身。

赤裸著全身，我異常恐懼，沒來得及套上衣服就趕緊檢查隨身包包，因為裡頭有著昨晚小妹喜宴的全部禮金，高達兩百多萬現金！

錢都還在，只少了三千，這是天使撫慰我一夜的代價。

陽光穿透進窗戶，我凝視著。

「エ！」彷彿奪魂般，將我瞬間拉回現在。是信修拍了拍我的背。

妹妹 08

透明的蛋白打在平底鍋上，受熱後漸漸轉白，周圍的油發出吱吱的聲音。

半熟、半熟，一定要半熟！二姊最愛吃半熟的荷包蛋了。

荷包蛋是我最拿手的招牌菜色。

「親愛的老婆！」熟悉的聲音，是我的王子修。

『你怎麼來了？』

「來陪我親愛的老婆吃早餐呀！」

信修從背後抱著我，緊緊的緊緊的，「剛剛在樓下打過電話給二姊，想要給妳一個驚喜。」

愛情，令人無法自拔。

戀人愛上的究竟是『愛情那感覺』？還是『愛侶那個人』？

難道我只是在追求一個，曾經印在心底的那個印子？

我八成患有很糟糕的『幸福過敏體質』。

陽光從廚房窗台曬進來，靜靜的降落在我身上，台北的陽光，是那麼輕盈無負擔，如同我那時的心情，有著未曾浸溽過悲傷的輕快歡笑。

那是我深深懷念，也經常想起的一幕。

那時的我身穿淡淡粉紅色背心、水洗過的牛仔褲，你身穿著淺藍細紋的襯衫、重磅牛仔褲。兩人手牽手，迎著陽光，路上我們會經過……鹹酥雞、章魚燒、關東煮、香雞排、珍珠奶茶，我們買足了所有喜歡的小吃，再一起徒步走回你家，也是後來我們的家。

我知道，一切僅止於回想，即使現在複製當時所有的情境、重置一樣的你、相同的事物，可是再也找不回當時的輕鬆快樂了。

強烈的愛情，已經隨著這些年慢慢淡去，非常明瞭自己的心，可能快無法化解這膩人的愛戀，所以我該冷眼旁觀嗎？但是卻又極度渴望。

面對著我深愛的信修，玩弄著自己熟悉的文字，充滿班門弄斧的味道，這樣對待自己的愛情，可笑至極也可惡至極。

重新坐回餐桌前。

煎了三盤荷包蛋，叉子劃過半熟的蛋黃，緩緩的軟軟的流動。

我低下頭去，嘟起嘴巴，直接以嘴就盤，表演吸蛋黃的絕招。

「呵呵！妳是貓咪呀？吃得滿嘴都是蛋黃了。」二姊看著我表演，笑了出來。

信修一手拿著餐巾紙，另一隻手溫柔的端起我的下巴，將我的臉轉向他，細心的擦拭著我的嘴角。

『我自己會擦啦……』

「不要動，我來就好！」

『等一下你要去上班了，對吧？』

「嗯！怎麼了？」

『沒有啊！因為二姊這次放三個星期的假，我想留在這裡陪陪她，因為打從我們結婚後，一直沒有機會好好跟二姊聚聚。』

「好啊……反正我老婆昨晚已經蹺家一天！接下來妳就放老婆假吧！」

『什麼放我老婆假？我可是有事先告訴你耶！況且我的新書就快要出版了，這段時間比較有空應該好好陪陪二姊，不然等我出書後開始跑宣傳，我哪來的時間！』

知道你比任何人都珍惜我、了解我，然而心裡面那巨大的黑洞，像是貪得無厭的骷髏。自私、懦弱、無用……這些人性的殘缺都在我身上，總會在兩個人親密互動時被無限放大，淹沒一些曾經的美好，這就是愛情迷人又掙扎的地方吧！

「姊，幫我好好教教小妹，我先去上班了！過幾天有時間我再來跟妳們一起吃早餐、午餐跟晚餐！」

信修笑著說話，接著就步出了大門。

『自己開車小心點！記得要吃午餐喔！』這是身為老婆該有的叮嚀，關上厚重的銅製大門，我背對著，將身體貼在門上，禁不住嘆口氣。

「怎麼了？為什麼嘆氣？」二姊聽見我的嘆息。

『如釋重負。』

「怎麼這樣形容？他是妳丈夫耶！」

『我想……也許我不適合婚姻。』

「昨天晚上妳想跟我說的事情，跟這個嘆氣有關嗎？」

『有點關係，也有點無關。』

我跟二姊走回餐桌前，兩個人面對面坐下，二姊盤子裡的荷包蛋吃了一顆，另一顆還躺在原處。

勇敢還在客廳坐著，不知道他是否專心看稿？但是他像空氣一般隱形。

『荷包蛋，因為荷包蛋。』

「荷包蛋？」二姊陷入五里迷霧中。

『我只要煎荷包蛋就會開始胡思亂想。』

「這麼奇怪？不過是煎個荷包蛋。」

『是阿樂教我的。』

「都那麼久遠的事了，妳還在想著阿樂嗎？太誇張了吧……」

『阿樂，他一直都在，從沒有離開過我。』

十歲那年，我期待著每個下午四點，搭校車回到家，阿樂會煎兩顆荷包蛋，一顆他自己吃，一顆給我。

後來我要阿樂教我，兩個小鬼在廚房敲著蛋殼、玩著煎鍋。

如果說那時候像是森林童話，如果說那是一種久遠的想念，會不會太肉麻？本來什麼也沒打算說的，但昨夜走過涼涼的夢境，阿樂來過，我知道他來過。

離開一個人，是毫無預警的。

就像遇上一場傾盆大雨，即使前一刻天空陰陰的，卻總是會僥倖的想：我沒那麼倒楣吧！

搞不好在雨點落下之前，已經擁有足夠時間狂奔回家。

但雨，總是會在抵達到家的前一秒，滴落。

離開一個人，是晴空萬里的。

我還記得前一秒，你的表情，你的聲音，還有陶笛握在手心中，那檸檬香的樂音從手指間暖暖的滑過。

陽光好燦爛，我們曾經美麗的綻放過。

誰說分離是一種藝術，真是天大的笑話，都是文人噁心的雕琢，我們的分離是悲哀，是幼稚，是可笑！

我說不出口，只能遙遠看著晴空萬里，看不到一絲絲的白雲，也看不到阿樂。

長大後，我們都會去冒險，都會去尋找下一個想要分享的人，城市疏離，人群喧鬧，街景繁華。

可是卻都找不到一個人是真正屬於我的。

站在十字路口的中心點，什麼都不在，你也已經不在。

『姊，妳還記不記得我考上高中那年夏天？』

「嗯，妳失蹤了四天，正確來說是妳跟阿樂離家出走了三天半。」

『就算是假設，我也會尋求證據！這就是我離開的原因，正確來說是我帶著阿樂離家出走。』

「妳？妳突然想離家出走？跟另外一個阿樂。」

『嗯。』我點頭，不能否認的，那天下午一切都來得太戲劇化：『那天下午，我終於等到阿樂回來。』

「關於那件事，只有妳最清楚。」

想要傳達哥哥阿樂過世的訊息給自己母親的阿樂，找不到母親的阿樂，當下的他只能選擇低下頭，黯然離去。

我急忙的拉著阿樂，問著他接下來該怎麼辦？他搖頭，然後淚水靜靜的掉落、掉落、掉落。

後來，我帶著自己所有的錢，領著阿樂走在台北街頭，我們在台北火車站前的新光三越一起吃晚餐。

試圖在阿樂身上找尋熟悉的味道，他缺乏那一絲絲溫暖的檸檬香，我帶著阿樂走到新光三越樓上，花些錢買了一塊進口香皂，然後兩個人緩慢的像兩隻浣熊，遲鈍、恍神的坐在新光三越門口的花崗岩前，遠遠地看著人群，發傳單、填問卷，每張表情都是冷漠，我們起身，但仍然困頓。

後來，走著走著，來到一處小小的旅社，是躲在巷子裡昏暗的某棟大廈。

拿著帶檸檬味道的香皂，給阿樂跟自己洗著手、洗著身體。

水龍頭是開著的，掛在牆上的浴巾是乾燥的。整間浴室充滿檸檬香氣，用著熟悉檸檬味的香皂，大剌剌的將泡泡釋放出來。

我心中的阿樂終於隨著泡沫回到我身邊。

當我們睏倦極度想要睡去時，我仍可以感覺到阿樂的指尖，輕輕劃過我的眉際與臉頰，我至今仍清楚感覺到他的雙手，以細微的力道撫摸我的肩我的手我的身體，在阿樂的眼眸凝望的片刻，沒有言語，他的頭倚著床，我用身體去感受他的沉默，以及眷戀。

我選擇給了他第一次的身體，那是認識阿樂的方式，過去我在乎能在他身上得到多少歡樂、多少關愛、多少溫柔，如今我卻憂慮如果錯過這次，將再也無法給他所有美好的自己。我卑弱得如同一株蘆葦，單薄矮小，幾乎枯萎。

昏暗的房間裡，阿樂跟我輕輕點亮，在我們的身體，在我們的心裡，從深深的底處發出小小的微弱的光芒。

三天後警察來旅社房間臨檢，因為我的家人已經報案，阿樂跟我在警察的詢問跟一切慌亂中，我們就此分開，沒給彼此留下任何一句話。

我心底深深的印下一個烙印，而印下的那個人是阿樂，不是我深愛的那個阿樂，我深愛的那個阿樂不是他，但是，卻也是他。

一直到披上白紗那天，我還在想著這個阿樂會不會突然出現，他會傻傻的笑著，然後吐吐舌，嘴角上揚的跟我說，那年夏天，其實哥哥阿樂並沒有過世。

「既然這樣妳又何必嫁給信修？」二姊的一句話問到我心底的痛。

看著二姊，從小到大我一直欽羡著她，擁有那樣果決的能力。

沒用的我，真是差勁，真是差勁。

姊姊

『既然這樣妳又何必嫁給信修？』沉住氣，面對著小妹，我無法理解她是不願長大還是否認長大？

「我愛信修，但是……我也不知道為什麼自己會這樣？」

『妳都嫁給信修了，還有辦法去想這麼多，這樣對信修很不公平！』

「我知道，都是我的問題，對他真的很不公平。」

『妳也知道不公平！從小妳就愛說謊，連對自己的感情也是。』

「佛洛伊德說過，人沒有謊言是活不下去的。」

太可怕的一句話，因為我也一直在對自己說謊。

我可以想像對於信修而言，就像戰爭後顛沛流離的人們流著淚流著血，採用不作聲卻深沉無比的愛，與殘忍對抗著。

信修感覺到了嗎？他知道小妹心裡始終住著另外一個人嗎？

人真的不會因為夢想而偉大，因為人不可能變得真正偉大，夢想只能讓『人』活得像一個人，一個單純、最初的人。

這樣的人類在此刻的世界，幾乎成為悲劇的象徵，真正的憐憫都被所有人給誤用，憐憫成為了偽善，而偽善據說是保護自己的一種方式。

所有的一切都是謊言組合而成。

二十一天之後，我會開始恢復上班，

也會開始像是蝸牛般的生活。

像是一般人面對人群，也像是一般人背負著沉重的壓力，也像是一般人下班逛街喝酒，也像是一般人虛假應酬著生命。

我將桌面上僅剩的一顆荷包蛋推到妹妹面前。

『給妳，這是妳的荷包蛋……』我站起身來走回房間。

「姊……」我知道妹妹的視線在我身後望著，她希望我回過頭。

看著房間裡整理一半的行李箱。

然後呢？

發愣，發愣，發愣。

我還是我自己，讀我喜歡讀的書，看我喜歡的電影，吃我喜歡吃的日本料理，跟我不太熟的人吃飯，假日封閉我自己，回到家就關手機，這樣真的能誠實面對一個人的自我嗎？

雖然在單向的愛戀之中，很早前我就清楚預期到，一切將被醞釀成為一個單向的愛戀，但是現在的這個時間點，我必須很誠實的說明，這只是一個單向、單向、單向、單向！永遠無法回頭的愛戀。

我僅僅被你的一個眼神、一個側臉，甚至是一雙修長的手指揪住胸口，我承認，我是被你的片段所吸引，你許多個美好的片段。

攫住了我的眼神，此刻我的全副思念，毫無來由的印象，只是一個語氣，一分嘆息。

我並沒有勇氣，去探究、去發掘你的所有，美好的與醜惡的。

我不是那種一頭栽進你或是自己幻想中的女人，從小的學習讓我也理解所謂的心理分析，究竟我是犯了榮格哪個該死的特質？或者是妹妹說的佛洛伊德？

或許妹妹對阿樂的情感也跟我相同？但至少對於信修，我依舊還能看到他、還能聽到他、還能感覺到他。

然而妹妹呢？她心中的阿樂只剩空中化不掉的檸檬香。他不存在了。

妹妹也跟我一樣討厭著自己嗎？

穿上牛仔褲，拿起錢包，走出房間。

『走，我們去買點東西。』

「好啊！」原本憂慮的小妹開心的笑了：「不過等我一下下喔！我跟勇敢正在討論東西。」

『師傅開始傳授徒弟啦？』

「沒啦！是我在跟他請教事情。」

『是嗎？』

勇敢抓抓頭，又是一味的害羞傻笑。

「沒有啦……只是討論一些年輕人對於愛情的觀念。」

『你談過戀愛嗎？』

「嗯？應該算吧！」勇敢開始害羞。

「有啦！他有談過只是不好意思跟我們說！」小妹幫勇敢答腔。

『說來聽聽吧！你才十七歲就談過戀愛，現在還在一起嗎？是不是初戀呀？』

「已經沒有在一起了，那是一年多以前的事……」

『哇！那時候你還沒十六歲耶！』

「我發育得早，十五歲就已經長很高了。」

「姊，我跟妳說喔！勇敢喜歡的人是一個大姊姊唷……」小妹八卦的說著。

『呵呵！姊弟戀，看不出來勇敢還真是勇敢。』

「説啦、説啦！我們兩個老女人相當相當的好奇！」小妹追問著。

「我……我不知道怎麼説，因為很短暫，後來我們就沒有在一起了。」

『十六歲就失戀啦？』

「嗯！以前不知道愛情是什麼，連失戀也不知道，就像第一次騎車，還不懂得油門的控制就已經打滑摔車。」勇敢説著他逝去初戀的感觸。

「那你們有沒有……發生親密的關係？」小妹問到愛情的核心重點。

「……」勇敢沒説話。

「那就是有囉！哇！想不到你十六歲就獻出童貞。」

勇敢尷尬的看著我跟小妹。

「我要繼續校稿了！妳們不是準備要出門嗎？」

『我們不急，只是出門去超市買些東西。』

「説啦、説啦！我們真的很想知道。」

「我……不知道怎麼説，等我想清楚再跟妳們説。」

『該不會是編的吧？説不定你根本沒談過戀愛！』

「有這個可能！」

「就算是我編的吧……因為我喜歡寫故事呀！」勇敢是想岔開話題？還是？

「好啦、好啦！我們出去買東西吧！」小妹拉著我準備出門。

『你好好看家，我們去買晚餐的材料，還有補充冰箱的東西，我們會記得幫你買鮮奶的……乖唷！』

我摸摸勇敢的頭，他像隻寵物般可愛的低下頭去。

悦黃的秋天，已經接近尾聲，大樓社區裡的花園，某些早春的植物，零落散在各個角落，悄悄然的準備凋謝。

回到台北後準備進入工作崗位，本來有著很多盤詰打算，現在都擱在一邊不去管了。

今天時間過得好快，沒多久就過了下午五點，頂好超市離我居住的社區，步行約七分鐘的距離，不算太遠，妹妹跟我踩著輕鬆的步伐前進，沒一下子就來到超市。

「姊，妳今天沒擬好購買清單呀？」

『今天不需要！因為這幾天放大假，我們隨便逛，多看看東西，妳順便幫我想一下我家還缺什麼？』

「缺男人！」

『不要亂說！』

「本來就是呀！妳家缺個有體溫可以讓妳好好擁抱的男人。」

『正常的事被妳一說變得好情色！我家已經有勇敢了，他是男人！可愛的小男人！』

「哎喲！拜託，勇敢是男孩，而且是小男孩，怎麼算是男人？我說的是可以躺在妳床上的男人。」

妹妹說完話後，推起購物車雙腳踏在上頭，開始在超市裡滑行。

她是個抓不住的小女生，總像小蜜蜂似的，東飛西竄，好不忙碌。

一直令我不解的是，為何這樣的她會願意安定下來？安定在信修身邊？

前一秒還在玩耍，下一秒她突然冷靜下來，就像畫面突然停格，失去什麼應該要繼續前進的動力。

「姊，快過來！妳看！」小妹手指著約莫五公尺遠的地方。

我的視線順著她手指劃去的地方，是對門的奧斯卡先生。

會讓小妹驚訝的叫我快過來看，是因為他的身旁站了一個女人，潔白的上衣，及膝的窄群，馬尾，修長如凝脂的頸子。小妹三兩步走到他們面前。

「嗨！奧斯卡先生，真巧，我們今天見兩次面耶！」小妹開口第一句話就是命中紅心。

「妳好，灰姑娘小姊。」

「客氣了，奧斯卡先生。」兩個人在超市裡快演起雙簧。

『真巧，我帶我妹來買點東西，你……今天這麼早下班呀？』我真是不懂得開啟話題。

「喔！跟妳們介紹一下，這位是我們電台的客戶之一。」

那位女子對我們微笑，奧斯卡接著說：「本來我們打算去外面開會討論事情，後來我提議到家裡討論會比較輕鬆……」

「你……又在解釋囉！」

『妹……』試圖阻止。我把妹妹拉到一旁：『不好意思，因為家裡勇敢還在等著吃晚餐，我們先走了！Bye！』

一邊拉著妹妹離開，妹妹一邊回過頭說著：「姊，妳有沒有看到呀？」

『看到什麼？』我將她拉到超市的另一邊。

「妳沒看見他們的購物車裡頭嗎？」

『怎麼樣？』

「有一支牙刷，而且還是粉紅色的！」

『那又怎樣！』

「那表示剛剛那個女人會在奧斯卡家過夜。」小妹故事寫多了，見到影子就開槍。

『就算是，干我們屁事呀？而且妳不要用『那個女人』，這種字眼聽起來很不舒服。』

「哈哈哈！妳剛才說屁，就很舒服呀？」伶牙俐嘴的小妹。

姊妹倆拎著三大包東西，左手右手各一袋，只是中間那袋是兩個人一起負擔，我們像螃蟹一樣大牌的橫著走。

回到家，看見勇敢趴在餐桌上睡著了。想必是幫妹妹校稿太辛苦，加上昨夜換到新的環境沒睡好吧！

走過去想輕輕搖醒他，卻看見趴在桌面上的他，閉起雙眼，眉頭緊皺著。

妹妹 09

『姊，妳確定這種魚沒有魚鱗嗎？』我用食指跟大拇指，小心翼翼的捏著這條灰白色扁扁的魚。

「就跟妳說了，這種魚叫做白鯧魚！聽清楚、記清楚是白鯧魚！牠不需要刮鱗片，因為牠沒有鱗片。」連同剛才說過的次數，這次已經是二姊第四次說明這條魚的身世。

『喔……白鯧魚，好難記的名字，白鯧魚？一臉白蒼蒼生病的怪樣子，難怪會長不出鱗片，真是進化不全的魚類。』

「拜託，這隻魚是招惹到妳啦？不要一直戳牠！好好的魚都快被妳戳爛了，我怎麼煎？」

『妳要煎魚喔？好恐怖！會亂噴射喔！小心毀容……』

聽見二姊要煎魚，我不由得說話聲突然大了起來。

「妳小聲一點啦……噓！勇敢還在睡，別吵醒他。」

『乾脆叫他起來去房間睡，看他這樣趴著睡一定很不舒服。』

「應該不用吧！看他睡得挺熟的。」

『妳家……變得好像是間收容所，專門收留中輟生。』

「還不是妳跟他說可以留下來的，現在反倒說我家是收容所！還有勇敢他不是中輟生。」

『不是中輟生，妳確定？！』

二姊看著我，眼神散發著不確定。

『妳看，連妳自己都不確定！』

「需要我幫忙嗎？」勇敢不知道哪時醒來，已經走到廚房裡。

我跟二姊看著睡眼惺忪的勇敢，剛睡醒的他雙眼皮很明顯，帶著幾分帥氣的深邃。

『你會煎魚嗎？』

「會！」

勇敢走向平底鍋，熟練的拿起煎柄：「要煎這隻白鯧魚，對吧？」

「嗯！」二姊順勢讓開位置。

「油還沒熱，等熱一點才能放魚。」

「等鍋子熱？那……油不是會噴出來嗎？」

「放心，我在家經常煎魚，不會噴得整個都是，妳幫我拿米酒出來，煎魚要下一點酒才不會腥。」

『我看你好像挺熟練的！真看不出來你才十幾歲！』

「糟糕……我沒有買米酒。」

「沒關係，有嫩薑嗎？」

『嗯，我們有買嫩薑。』

爐上的火還在燒，勇敢將火轉至最小，熟練的拿著菜刀，斜口的切著嫩薑，兩三片薄薄的薑接著變化成細絲。

「看你切東西，好熟練，一副廚師的模樣。」

「讓開點，我要煎魚了！」

話一說完，只見勇敢左手將瓦斯爐火轉大些，右手同時已經把薑絲順勢放進平底煎鍋裡：「等油稍微把薑絲的味道帶出來，魚就可以下了，千萬不能讓薑絲焦掉才放魚喔！」

『好厲害！你竟然能一邊教學一邊做菜，了不起！』看不出來勇敢是這麼厲害的小男生。

三道菜，一道湯，勇敢幾乎是同時端上桌，可見他料理的功力不弱。

「我已經校稿完成了！」當他把碗裡的飯吃完時說了這句話。

整個晚餐勇敢都沒說話，不像我跟二姊，說的話比飯粒還多。

『真的啊！謝謝你，錯字很多嗎？』

「一共七十一個錯字，不知道算是多還是少？」

「哇！這回不到一百字，進步很多了！妳這次好像比上次少二十幾字而已。」

想不到二姊竟然還記得我上本書的錯字量。

『誰叫我國文不好呀？沒辦法……』不自覺得嘟起嘴來。

「妳國文不好喔？真的嗎？可是妳文筆不錯耶！」勇敢不敢置信的看著我。

『文筆跟國文好不好有關係嗎？』

點頭點頭，勇敢漲著肯定句的表情看著我。

『為什麼我們要讀一些死掉的人所寫的古文？又為什麼我們要背一些死掉的人的生平故事？這就是我為什麼不喜歡國文課的原因，至於寫作呀……故事不就是應該自己編寫比較有趣嗎？』

「妳說的好像也有點道理……」

我是這樣想的沒錯，從小就一直這樣想。

寫作是自己的一扇窗，開啟後未曾關上……

只是我都是在寫著自己的故事還是別人的故事?

是那些過往的深愛?還是失落的錯愛?

我還在頻頻探索，故事是故事，生活是生活，我經常敵我不分的頻頻書寫，也許只是在找一個答案，或者是在找一個穩定吧!

「我很喜歡寫作，只是技巧都無法穩定……」勇敢提出自己的感覺，他看著我。

『其實我寫作是很自我的，下筆時不會去想太多，只是把心裡想要說的忠實地落筆呈現。』

「感覺得出來，妳的文字女性意識都很強烈!」

『可能吧!被你說中了……』

有時我會想，究竟是我駕馭著文字?還是文字奴役著我?

叮咚!門鈴響起。

「晚餐時間會是誰來呀?我去開個門。」二姊放下筷子，走向大門。

是奧斯卡，他站在大門前，手上拎著一大包東西。

「我拿了一些台東的鳳梨釋迦來給妳們吃。」

「台東的鳳梨釋迦？這麼多……謝謝了。」二姊接過奧斯卡手上的一大包釋迦。

『鳳梨？釋迦？你拿的到底是鳳梨還是釋迦呀？』

透過袋子見到每一顆碩大的釋迦，果鱗鮮明，淡綠薄黃的淺平表面，呈現出豐盛的滋味。

「喔，鳳梨釋迦其實是釋迦的一種，很好吃。」奧斯卡看見桌上的飯菜：「不好意思，打擾了妳們晚餐時間。」

「不會啦！你吃過了嗎？要不要一起吃？」二姊客套的邀請。

『姊，我們把菜都快吃光光了，他怎麼吃呀？』我真是不懂禮貌，故意得很。

「沒關係，我已經吃過晚餐了。」

「你是台東人嗎？」二姊化解尷尬的轉場話又再度出現。

「我不是台東人，這些釋迦是我們電台忠實聽眾送來的，聽說今年颱風少，他們收成還不錯，所以寄了一大堆給我。」

『真想不到你人緣那麼好。』我的狠勁突然又開始蠢蠢欲動。

「妹……」二姊試圖阻止，其實我真的不對，畢竟來者是客，加上他又捧著台灣農業發展下的精緻水果來拜訪。

眼前的奧斯卡臉上浮現尷尬。

『我開玩笑的啦！』

「要不要進來坐坐，我請你喝杯果汁。」

奧斯卡盯著我看，該不會是擔心我的炮火？

想來也莫名其妙，大概是自己太久沒好好整人，就想要欺負一下老實人，看他這模樣，像是個好欺負的人種。

奧斯卡走進客廳裡，穩穩的坐在沙發上。

二姊進廚房倒了一杯果汁，待客之道還是她懂。

「上次妳說過要來我電台上通告，我已經在安排了。」

『謝謝你，如果可以的話，等我這本新書上市，我再去上通告可以嗎？』突然一下子變得禮尚往來。

勇敢靜靜的像隻幽魂，靜靜的收拾桌上的碗筷杯盤。

「他是妳們的弟弟嗎？」

『差一個字，他不是我弟弟，他是我弟子。』

「呵呵呵……弟子？真的假的？妳又在跟我開玩笑，對吧？」

『不是開玩笑，勇敢真的是我弟子，是我招募來的頭一名弟子。』

二姊端了果汁走至客廳。

『這就跟春秋戰國時代一樣，各方文人會往有才能的人身邊靠近，這就跟孔子當年就招募了七十二名弟子一樣。』

「妳竟然把自己比成孔子呀！何德何能……」二姊聽不下去。

『一樣是文人，臭屁一下自己又何妨！』

「很好奇，妳怎麼會選擇走上寫作這條路？」

『你已經開始對我進行專訪了嗎？Mr. Oscar！』

「並沒有，只是隨口問問。」

『寫作呀，應該算是意外吧……從小就喜歡拿著筆在紙上東寫西寫，長大後就養成習慣，停不下來。』

「所以說妳天生就是當作家的命。」

『有那麼嚴肅嗎？被你講成是天生的使命……』

「那寫作對妳來說是什麼？」

『寫作其實對我來說並非如何把腦子裡的東西寫出來，其實寫作最具挑戰性的是……寫作必須持續的、重複的，將自己面對的現實世界再重新走一次。』

接下來冒出這句話的是勇敢：「那就像已經經歷過一次，還要在文字世界裡再經歷一次。」

「感覺挺殘酷的。」

『還好啦！因為我是寫兩性專題，所以要說殘酷永遠比不上狗仔隊的殘酷。』

「哈哈，有道理，我覺得妳們家很熱鬧。」

「歡迎你常來作客。」

我們姊妹倆來自一個壓抑並且提倡服從文化的家庭，二姊被改造得很不人性，服從性高，好像一直不知道自己要什麼，總覺得她大部分的時候都非常的困頓，像是隻被困在牢籠裡的獸；然而我選擇了自由，那是屬於我的權利，我不允許自己的一切被一群不懂得尊重的人奪去。

雖然父親說我是灰姑娘，但我卻不想真的成為那種童話故事裡的灰姑娘。

姊姊

眼前的這位鄰居，天生有副迷人的嗓音，他是奧斯卡，認識不滿十天的朋友。

「我看妳這些天在家裡，不需要去上班工作嗎？」奧斯卡問著。

「我姊當然要工作，她是典型的工作狂，屬於級數最高的層次。」小妹幫我接了話。

『沒有啦！父親過世跟公司請了喪假也順便好好休息個一、二十天。』

「上次好像聽妳說過。」

「像我就完全無法適應朝九晚五工作型態，那顯得太不健康了……不是嗎？」

「那要看看是什麼工作性質，什麼工作職場了。」奧斯卡這段話說得非常正確。

「言下之意，也就是說你的工作環境非常健康囉？」

「我也無法定義健不健康？但至少是份很有趣的工作。」

『是嗎？』有趣的工作，我何嘗不想體會有趣的工作，

但人生是一場不斷往前的長跑，有時候風景過了，回過頭連片段都會遺忘，哪能想到有趣這回事。

「像我們電台資料室，以為是平凡不起眼的地方，可是進去後當你開始找尋資料，會接二連三不斷產生意外的發現！」

『像圖書館嗎？』

「還不至於像圖書館那麼偉大，只是很多過去的、很多你不曾知道的事物都會一一呈現。」

『嗯……我有件事想請教你。』

「什麼事？」

『我想找一份很久、很多年前的消息。』

「姊，妳想找什麼資料呀？」

『沒什麼啦！只是想試著找找看，不是很重要的事情，突然想到罷了。』我怎麼可能跟小妹說出口，關於那件事我一定得搞清楚、弄明白。

「我們電台資料室沒這麼神通廣大，如果妳要找，我建議妳可以去國家圖書館找找看。」

『國家圖書館？我沒有任何借書的證件，要怎麼去辦也不懂，我的年紀實在脱離圖書館太久了。』

「要不我明天帶妳去，可是要上午時間，中午過後我要進電台上班。」

『好，麻煩你了。』

過去的我也是熱愛跑圖書館，在書籍提供的保護和餵養裡，偷竊一點情感的法則，偷看一點對待世界的價值，無所不在的書籍，像一種詭異的時間罐頭，只要打開正確的罐頭，就可以瞬間轉回那一刻，時光流轉到斜揹著書包、米黃色軍訓制服的黃昏，我那急著長大的午夜，不知要往哪裡，實在無法想像，這些年我脫離多少書籍的灌溉，我變得多麼的乾燥？

也是到後來，我遇見了信修。他像一扇窗，透過他，我認識了許多不曾聽聞的新鮮，世界的地圖又再度攤開，我像著魔似的，閱讀著以信修為圓心拓荒而開採的文字，遇見了過去未曾注意到的秘密文字，以為自己驚喜的獲得鑰匙，拚命打開一間又一間的糖果屋，有時是澀苦的糖，有時是似雪的鹽，偷偷的品嚐始終沒有正確的味道，原來都只是我自己的一廂情願。

約定好明天的時間，送走了奧斯卡。

開始回頭推算那年的時間，我十八歲那年，小妹那年十六歲。

如果沒記錯時間的話，應該是那年的夏天。

「姊，對奧斯卡妳還是要小心點。」

『妳放心，我只是去找個資料而已。』

「還是小心點，以我看男人的經驗，他肯定是有目的才會接近我們。」

『難道就不可能是單純的敦親睦鄰？！』

「是喔？敦親睦鄰……除非他今天收到的釋迦堆滿天！吃都吃不完，那我就相信他是真的敦親睦鄰。」

『我一直到今天都還是搞不懂妳腦袋瓜裝些什麼！』

「呵呵！這就是我可愛的地方呀！」

上午九點，跟奧斯卡相約社區樓下。

沒陪小妹吃早餐，因為她昨晚又熬夜寫作，奧斯卡跟我一起走至上次一同吃早餐的店家。

「跟上次一樣的早餐嗎？」

『嗯？我自己都忘了上次是點什麼了，你還會記得呀？』

「記得。」

只見奧斯卡非常確認的神情：「老闆娘，煎兩顆蛋，另外一份火腿起司三明治，兩杯冰奶茶。」

原來是兩顆煎蛋呀！原來我連早餐都這麼了無新意。

「我這麼說可能很不禮貌，但是妳妹妹好像不是很歡迎我？」

『可能是你跟她不熟吧！別太介意，她講話一直都是這樣。』

「她這樣很容易得罪別人……」

『從小她就是家裡的老么，加上她從沒出過社會，沒多少機會學習圓融的說話，還有就是她是個創作人，自然很有自我風格。』

「聽妳形容的妹妹，妳應該很呵護她吧？」

『輪不到我呵護，她有個非常疼愛她的老公，相當寵我妹妹，他們結婚才剛滿兩年。』

我曾經一度非常呵護她，怪我不夠堅持吧，這些年因為事業忙碌已經很難繼續，不知為何我總是習慣的呵護著她，相較起自己的親大姊對自己，我對這位沒有血緣關係的妹妹，要比繼父還要呵護，從小學一起上課、一起放學開始，我就察覺妹妹是一個不相信有人能讓她走出心中那片荊棘的女生，但是我仍然相信著她就是公主，有一天會找到她的王子。

搭上車，來到目的地。

國家圖書館依舊是往昔中央圖書館的外貌。

辦妥臨時閱覽證，奧斯卡領著我走進偌大的圖書館內部。

『我要找十年前的舊報紙。』

「知道年份跟日期嗎？」

『知道年份跟月份，但是詳細日期並不清楚。』

「我幫妳一起找吧！」

時間一刻一刻度過，始終沒找到那則我要找尋的新聞。

「在那個年代……這樣的社會新聞會刊載嗎？」

『只能憑運氣了。』

我究竟是在幹嘛！好好的假期沒想規劃自己的行程，卻沉溺在這裡找尋著一段連自己都不太相信的過往，只是，我一定得找出蛛絲馬跡，問我為何？只能告訴自己『一定要找出來』才能夠解開所有人心中的迷霧，大家才會往幸福貼近一大步，即使一切都不容易，我們姊妹在這麼多年的跌跌撞撞後，我已然找到了自己的「不容易」，小妹卻始終未知。

而我也知道，即使她常常被誤解，

即使閃亮的她身邊總是圍繞許多是非，

但她是善良的，我能夠輕易的看見她善良、脆弱，需要保護的一面。

不管怎麼說我都是她的二姊。

不可思議的看著眼前這篇小小見方的文字，過往油墨漆黑的著印，不到兩百字躲藏在角落。

我一股痛湧上胸口，接著鼻頭發酸。

「就是這篇嗎？」

點點頭。我看著眼前小小一塊地方社會新聞。

默默的訴說著一則悲劇。

妹妹10

二姊出門了，連同那位令人不安的奧斯卡先生。

在感情的世界裡，往往我像是二姊的前輩，畢竟她內心還是個脆弱的小女孩，單純的質地，非常令人擔憂。

「那個稿子我要放在哪裡？」勇敢遞給我厚厚的一疊紙。

『校稿完成了，就幫我叫快遞送到信封袋上的地址吧！』

我看著勇敢，眼神中有渴望學習的星火。

『等一下陪我去附近走走……』

勇敢沒說話，只是微微的點頭。

二姊住家附近，兩百公尺方圓，各種店家林立。

勇敢像是隻可愛的寵物，緊緊的跟隨我，深怕自己被搞丟似的。

『你會相信我所寫就出來的每一段文字嗎？』

這是我最想詢問讀者的一句話，也是長久以來不敢問出口的話。

「我相信，因為它很真實。」

每一個我寫下的語段，都曾經有我行走其上，只是那真的是我嗎？

每段寫下的心境，會不會就是我拋落的語言？在心底的深淵長滿了野蔓蘿刺。

我的腳步停在一間寵物用品店。

看著櫥窗內一隻小黃貓，再轉過身去看著勇敢，很不可思議，勇敢是一個充滿柔和線條的大男生，牛仔褲襯著米黃色，神情好像櫥窗裡的小貓。

「姊姊，方便的話，我可以請教妳一些事情嗎？」

『你問吧！』

「關於編寫故事，寫作這件事情？」

『我跟你說一件秘密喔……』

我轉過身，面對著勇敢慢慢的說了以下的事情：『我親生母親在我兩歲多的時候就過世了，後來小學一年級的時候，我父親再婚，娶了現在的繼母，也就是我二姊的母親。在我十二歲那年，我繼母偷偷的將我帶出門，去找她前夫，接著我就被她前夫給性侵了，那段時間我活在恐懼的黑暗裡，除了性侵還有虐待，每次他要侵害我時，繼母都會在一旁看著我，甚至幫我脫衣服、脫內褲，用繩子牢牢的捆綁著，繼母要我乖乖的聽話。接著我的身體就不是我的……供應給一個像父親般的禽獸來回貫穿。』

勇敢鐵青著臉，驚訝的看著我，我又開始接著說。

『後來，那個前夫，甚至要求希望能夠有別的男人來侵犯我，我繼母的前夫誇張的找來自己的兄弟，要求他們對我性侵，於是三個大男人，應該說三個老男人，便肆無忌憚的在我身體裡無止盡的砍伐，每次我都會覺得像是一整棵大樹倒下，沉重的壓著我，整個胸腔、所有的肋骨都碎裂開，雙腿也被巨大的樹枝刺穿見骨，那一年是我最悲慘的一年，甚至我還懷孕墮胎……』

勇敢像石柱般定住，聽著我述說不可思議的事情。

突然，我噗哧的笑了出來：『哈哈哈，如果我真的有那樣的過去，那該有多精采啊！』

勇敢還是啞口，瞪大著雙眼，眼神中播放的淨是方才的誇大性侵事件，彷彿我說的都是真實。

『其實，我什麼事情都沒有經歷過，我從小就被保護得很好，剛剛亂說的那些都只是想像，無止盡的去想像，那麼故事就會自然的流洩。』

假設我真的有發生過那樣不堪的過去，假設繼母真的對我如此惡毒至極，我想現在的我，就得以原諒自己內心的小小邪惡了。

正因為一路以來的順遂，造成現在越來越無法接納我自己，無法承受大家這麼良善的對待我，畢竟，內心的我不僅僅是叛逆，甚至還住著莫名的邪惡。

『我們進去吧！』

勇敢像是一隻幼小又稚嫩的動物。

『勇敢，你聽好了！以後你就是我跟二姊的寵物。』

「寵物？人類可以當寵物嗎？」

『有何不可？你年紀比我們小了那麼多，加上我想當一輩子最小的老么，所以你不能當我們的弟弟，我也不太懂得如何教學？怎麼教你正確的寫作方式，所以，你只能當我們的寵物。』

「好，我當妳們的寵物！」勇敢回答得沒有任何遲疑。

『所以你挑選一條吧！』

我們看著面前一整排的頸圈，顏色材質都不盡相同：『選一條吧！就當成是你在我們家的身分證明。』

躺在包包裡的手機，短短四個小時之間，震動了五次，螢幕上冷光小信封閃動著。我沒有揭開來看是誰傳來的簡訊，告訴自己，現在還不行，我還有許多未明的心境需要釐清。

我不能被打擾，我需要安安靜靜。

可是總是會有那麼多，原來不以為會多嚴重的事情，但到後來才驚醒，原來事情在發生的當下，它的後座力僅是潛藏，隨即而來的輻射效應，竟會是如此的強大。

勇敢跟著我走回二姊家，我現在需要勇敢，指的是動詞的『勇敢』。

姊姊

『韋伯對「權力」的定義是，一方運用特殊的方式，使原本不會做出事情的另一方，做出不會做的事情來。』不可思議的這些話，竟然從我的口中吐了出來。

「好深奧，韋伯是誰？」

『就是我剛才說的社會學概念，關於韋伯這個人……我喜歡這樣稱他，不然很容易被誤解。』

「誤解？」

『因為韋伯的全名是馬克斯・韋伯，一個不小心就會被誤以為是馬克思主義的馬克思。』

「哇，我聽得一頭霧水！是馬克思？又不是那個馬克思？」

『基本上他們是兩個不同的人，雖然都是德國人，但一個是德國最偉大的社會學家，他是社會學開山始祖之一；另外一個是德國猶太人，也是人們口中常說的馬克思主義的創始者……嗯，你聽我聊這些一定很悶吧？』

「不會，很少有女生會聊這些，妳懂得很多，是個很有意思的……女人。」不知為何，奧斯卡說到很有意思之後，還刻意停頓片刻才冒出女人這兩個字。

『總之，友情、親情、愛情，很多很多情感層面的事情，都符合了韋伯的論述。』

「這是我頭一遭聽女人用社會學的理論來分析感情，該不會連妳的愛情觀也是採用社會學的角度來經營？」

『沒那麼複雜，其實愛情就是，一個人使另外一個人做出了本來所不會做的事情來！而且好像也沒有不甘願的狀態。』

「這說法的確很符合愛情的狀態。」

或許我真的是一個無趣的女人，這樣嚴肅的談天方式，又有哪個男人會喜歡上我？在愛情的領域中，我自以為是安全卻又隱匿起心中湧動，究竟這些年下來我又快樂了嗎？

以前放學排路隊時，看著妹妹小小的、踢著碎步或搖晃走動的樣子。實在看不慣她的不穩定，她像是剛學會走路的孩子，還不習慣直挺挺的走路，邊走還邊跟校樹影子玩耍。

我過馬路時總是小心翼翼，連添購衣物也是，多少次突然看見自己喜愛的衣裳，總是會在心底計算，這件衣裳可能會穿幾次？這個標價除以穿出門的次數究竟合不合理？

於是，又放下明明已經動了心的衣裳。

妹妹購物很莽撞，很像違規駕駛一般，在行駛中與其他車輛貼身接觸。她會勾住我的手肘或手腕，一看見喜歡的便立即停下腳步放開我。

「要不要一起吃個午餐？」奧斯卡的問話將我拉回現在進行式。

『沒關係，你等一下不是要趕去上班嗎？』

「上班前還是得吃飯，更何況我們都是吃早餐，也挺奇怪的！」

『因為是鄰居嘛……我想還是繼續吃鄰居式早餐就好。』保持安全距離，是我給自己三十年來最優雅的堅持。

「這點很符合妳剛剛說的理論，妳一定不希望任何人來改變妳所做的事情。」

我何嘗不想，可以因為某個人突然闖入自己的世界，天崩地裂的攪亂我所有的平衡，但是那股衝動稍縱即逝。

『你想太多了，我只是擔心妹妹自己一個人在家，還有那位勇敢小朋友，擔心他一點都不勇敢，會被我妹給欺負了！』

「我想跟妳吃午餐，其實是想要知道，妳找那篇舊新聞究竟是為什麼？」

『這則舊新聞，對我來說一點都不重要，我只是想證實它曾經發生過。』

多年前，阿信曾說過我是個很科學的女生，就像我討厭時鐘、討厭手錶一樣，因為『時間』的現在式根本很難認同，我們人類總是以為時間是由自然均質的刻度來定義完成。

事實上時間自始至終根本就是人造物，是後天人類偽造出來的。

時間根本就不是我們所以為的如此客觀。

正確的時間是可以推翻的，就像你在公司忙碌一整天，又或者跟愛人共處一整天，你會覺得時間還相等嗎？

「很多女生是水做的，但是我很確定妳不是水做的。」

『該不會是被你看見我臉上出現了疲累的老態……』

「不是這個意思，很多女人是水做的，當她遇到什麼樣的男人，就會呈現什麼樣的樣貌，但，很確定妳不是。」

『這是恭維的讚美？還是禮貌的客套？』

「我也不知道，只覺得，妳已經是盛滿了水，透明又清澈的水晶瓶。」

奧斯卡看著我，眼神微妙的，彷佛冒出了關鍵字一般，或許就在此刻，我們已經靜悄悄的把界線，從鄰居往前推進了幾公分幾公釐。

妹妹11

書寫下痛苦的回憶，要遠比回憶的本身更加令人傷心。

朵朵鮮血灑染在白雪上，暈開後的極致，白與紅的鮮明，有種無法言喻的淒美。
那年，丈夫離開了我，在白雪紛飛的情人節。
在北國，漫天鋪地遍野的銀白。

沒開燈的客廳，雖然是正午，但還是稍顯灰暗，當勇敢唸出這段文字時，我的心抽痛了一下。

這是我自己書寫的小說，故事裡的女孩，是一個自苦的女主角。
像是某部分哀傷的自己，極致象徵著一種隱喻。
那種感覺也曾經來過，重重的侵襲過我。

誠如，我因為某個原因而愛過東京。

是因為阿樂在那裡，只是那位阿樂，早已不是我深愛的那位檸檬香阿樂。

那年信修至日本出差，帶著我一同前往，他輾轉去大阪開會，我獨自留在東京兩日。不確定，來這麼一趟是為了追尋些什麼東西。

想是一種接近放逐的心態吧！

那天下午，我搭乘著渡船，順著隅田川往下漂流的船上，我帶著蒼茫的心一起漂流著。很意外的，在台場的海濱公園裡，我看到了一個男人的身影。

一個日本國，除了濃郁的大和文化之外，原來還有一顆深切期盼的心被隱藏著，毫無預警的我遇見了他。

老天爺簡直是有點無理取鬧的進行著荒謬論，世界如此巨大，竟然在同一個時間點讓我遇見那個不是他的『他』。

茫茫然的失落，我大概是別人眼中的異端份子，我不敢拿出真心來靠近誰，東京這天，灰冷得令人驚慌失措。

我走向他，微笑揮揮手。

他穿著厚敦敦的大衣，充滿疑惑的眼神看著我。

當他認出我來時，我才知道他因為工作調職到東京，我佯裝不知道一些地方，隨意指著地圖，希望他帶我前往，因為我只想多看他一眼，凝視著他，這才赫然地發現愛情正微薄的喘息著。

踏進仲見世通的我，苦笑著思念著，也許淺草觀音寺可以給我一點指示吧。

抬頭望著巨大的雷門，深紅色的壓在每個人的視線前方，突兀的彰顯日本人凡事不肯服輸的強烈慾望。

兩個人一起投下硬幣，輕輕拍手，雙手合十，閉上眼，默許著什麼樣的想念。

那一次東京的重逢，我跟阿樂談了許久。

把我童年跟另外一個阿樂相處的故事，真實的呈現給身旁這位阿樂，試圖將兩位阿樂融合，在我心底密切的結合成為同一個人。

小時候那三年期間，我們小心翼翼把純真埋進土裡等待發芽，我們一起拉了拉稚嫩的幼苗，像是看了一場魔法，也像是聽見了一聲嘆息。

他跟我說，高中那一次跟我的親密關係，是他的第一次。

我跟他說，小學時的純真，是我對阿樂的第一次心動，我仍然無法自拔的想起他的好，就算那時的他只是個小小男孩。

我想這些所有的回憶，都是我們的初戀。

如果可以，我想用我的靈魂，再請求一次救贖。

那次的東京，沒有皚皚白雪，可是心裡卻飄落磅礴大雪，掩埋再掩埋，把關於『我在』的戳記不斷地覆蓋掩埋。

我沒有和眼前這位阿樂發生任何親密接觸，因為他不是他。

我站在原地，面對充滿遺憾的阿樂。

我們一起拍了一張合照，我擅自扣留了阿樂部分的微笑，未來的所有思念，彷彿已經預言，那些都可能鑽進鏡頭裡再顯影出來。

如果說我的第一道愛是阿樂，那麼第二道愛就是信修。

第一道與第二道的中間有一條裂痕，這是一條鮮明的裂痕，那是傷痕，傷痕裡也有愛。

那，傷痕裡的愛，是真的愛，

因為那道清楚的傷痕，不斷的揮霍，

自己總以為振動、踟躕、兩端，不停的，同時的，交錯的，愛著兩個人就可以撫平……

那是被虛幻充滿著，充滿著，飽脹而幾近破裂的愛。

我的臉頰靠在透著溫熱的肩膀上，遙想著他就是阿樂，也該現實的劃下句點了。

「不知道要不要準備午餐？姊姊會回來吃嗎？」勇敢問著正在遙想的我。

『好啊，不過你來準備，對了！你拿手菜是什麼？』

「看妳們喜歡吃哪種類型的菜，我盡量準備。」

『哇，口氣不小嘛！哪種類型的菜你都弄得出來？義大利菜？法國菜？還是日本料理？』

「也要看看有沒有那些材料……」勇敢抓抓頭，模樣真的像極了寵物。

『那麼烤隻雞吧！感覺像是感恩節火雞那樣，但不是火雞。』

勇敢瞪大眼睛，神情僵硬。

『噗！哈哈哈……我開玩笑的你聽不出來嗎？我想十一月第四個星期四也快到了，就過個感恩節吧！雖然我們不是美國人，但是從小到大我都沒感受過什麼是感恩節，都是從好萊塢電影裡看見，還真想過一過感恩節。』

「那我可以到感恩節那天再做烤雞嗎?」
『真的假的?我只是開玩笑!你當真啦?』
「我也沒嘗試過感恩節,不然我們就來過一過感恩節這個東西吧!」
『好呀!過一過感恩節這東西……呵,明天就是星期四了,呵呵!』
勇敢這天中午,用冰箱裡簡單的食材填飽我跟姊姊的食慾。
到入夜就寢前,姊姊一直沒說今天上午跟奧斯卡先生去圖書館的事情,一定有什麼事情發生,以她的個性會選擇隻字不提,肯定中間有事發生。

姊姊

因為調職以及父親的喪禮,獲得了好幾天的假期,除了學生時代的寒暑假,這是最長的一次休假。
以前總是這樣,每天都安排好隔天所有的行程,四點二十分放學,在校車前排好隊伍,拿出想閱讀的書本,安靜的上車,坐在固定的位置上,五點四十分回到家,洗手、換下制服，下樓。

六點十分，如果父親還沒回到家，四個女人就開始進行晚餐。

入睡前的行程，洗澡接著坐到書桌前準備念書，準備第二天上課的所有物品，這包含學校制服以及襪子。

這就是我，標準的我。

「姊，起床沒？」妹妹在房門口問著。

『嗯，已經醒了。』

「今天是感恩節，我要勇敢陪我們度過，所以等會兒我們要去採買東西。」

起身，下床，開門。

門外站著一個天真的小妹，看不出來她已婚，更看不出來她已過了花樣年華的年紀。

『感恩節？我們幾時流行起過感恩節這玩意兒了？』

「突發奇想，就從今年開始。」

『有哪些人要一起過？』

「看妳還想找誰一起過？妳可以聯絡他們來這裡玩。」

『突然這樣，還真想不到要找誰。信修呢？妳不找他來嗎？』

「妳幫我聯絡他吧！喔，還有對門的奧斯卡先生。」

『這樣很怪，昨天才跟他一起出門，今天又約他，這樣感覺我們兩姊妹一直想找他……不妥吧？』

「姊，我偷偷問妳喔，妳跟對門的，在昨天，究竟，有沒有發生什麼事情？」

不是我的斷句奇怪，而是妹妹她問我的語氣果真是如此詭異。

『昨天沒有發生任何事。』

我看著書桌上安穩的藏在資料夾裡的一張Ａ４影印紙，再回過頭看著妹妹的臉，我是不是別去找尋，更不應該影印帶回家來。

科學的我，必須眼見為憑，儘管那是一件與我毫不相干的事情，事件也經過十年了，我為何想求證？

想要驗證些什麼？又或者想要經歷些什麼？

我的人生是不是平淡得像一隻工蟻？還是圍著女王蜂團團轉的工蜂？

不管像什麼它都是一樣的，過了三十，小半輩子都是風平浪靜的日子，起伏、低落、戲劇化、羅生門，這些都是不屬於我的形容詞。

小妹卻是如此精采，所以她才得以寫落千萬款字字句句。

十五分鐘後，我的早餐精緻的擺在桌上，妹妹帶著勇敢出門採買。

家裡少了妹妹，頓時刷上一層薄薄水色，飽滿色彩的空間，都淡化了，恢復到寧靜的空蕩。

妹妹擺放在客廳桌上的筆記型電腦，緊緊的闔上，上頭擺著一本書《寫作的零度》，作者羅蘭巴特。

這本不太厚的書，依存著熟悉的味道，這本書是我大學時多少次想閱讀，卻始終無法順利閱讀的書籍。

存在主義太過抽象，哪種人都應該好好選擇閱讀哪種書，不知自己在何時關起了閱讀的廣度？

有多久沒好好讀一本自己真實想看的書？

無法計算出這段空白了。

如果生命是不斷的顛沛流離，那我也無法像現在這樣思索？

高潮迭起的人生，在我三十歲的這年，在此時此刻，瞬間就要湧進胸口。

早餐後，沖完澡。

客廳已經傳來勇敢跟妹妹的對話聲。

她跟勇敢已經採買回來，勇敢正拎著大包小包走進廚房。

「姊，妳有空嗎？我想跟妳聊聊。」

『妳不去廚房幫忙勇敢嗎？』

「他厲害得很，我去了只會礙手礙腳，勇敢沒問題的啦……」

『好吧！有什麼事想跟我聊？』

「妳先坐好，我要跟妳說的事，有很多很多，很多……」

『該不會又是跟阿樂有關？』說真的，妹妹不斷的講起阿樂，我已經聽得有些厭煩了。

「不是，都是我自己的一些事情。」小妹倒了一杯水走向我，「其實，不瞞妳，我這幾天來妳這裡住，是有原因的，是想躲一個人。」

『不可能是在躲信修吧？』

「喔，對喔，如果加上躲信修，那我就是在躲兩個人。」

『連信修妳都在躲？他是妳老公耶！發生了什麼事嗎？』

「我要怎麼開始跟妳說？就從我某次出席文學獎開始吧……」

妹妹開始訴說著自己在面對情感上的缺陷，從她口中聽見別的陌生男人的姓名，聽著她說自己不小心出軌的情事。

她說自己明明就是深愛著信修，可是卻又禁不住想一直飽嚐戀愛的滋味，她承認她是貪心的，她需要的愛很多很濃。

從她口中傳來的一段又一段荒唐情愛，我明白了她不只背叛了婚姻，還背叛了信修對她的深愛。

「姊，那時候我每天都好想見到那位情人，可是我每天卻又很害怕失去信修。」

我不知道她的話裡有多少不實的成分，究竟她在意的到底是什麼呢？

「其實同時品味兩個男人，丈夫、情人，會感覺到自己的愛瞬間飽滿，充實的感覺，溢滿出來的愛……差一點兒就能夠把自己溺斃。」

『情人？妳這叫做婚外情，就是外遇！還給對方取了優雅的名詞「情人」？』

外遇就是外遇，不倫就是不倫，婚外情就是婚外情！

做錯事就是做錯事，我們人類就是會給自己合理的解釋去脫罪。

但是，這世界上又能有多少人可以『自證己罪』？

妹妹聽不出我話語中已經透著一絲不耐，她接著說道：「還有另外一件事情，那就是，我去年去東京的事情，當時是一個人前往東京，說是要蒐集資料尋找靈感，其實那時候……」

妹妹之後的話語我全然聽不進去，妹妹的嘴在我面前一開一合，彷彿像一尾扭腰擺臀身穿亮紅亮橘色的孔雀魚。

皺起眉頭，我厭煩了！倏地站起身來。

『妹！』我提高說話的音量：『妳，可不可以多關心一下現在的經濟問題，或者國際上最近發生的事情？』

妹妹被我突如其來的一句話給問傻了。

『妳，太過度的沉溺在感官世界裡，不要因為妳是作家就可以這樣沉溺，麻煩妳轉過身看看周遭，生活裡不是只有情情愛愛你儂我儂。』

妹妹的眼眶迅速泛紅，淚水無聲滑落。

『我等一下會打電話給信修，要求他今天過來一起用餐，一起共度妳所謂的「感恩節」。然後，等我把事情想清楚再跟妳繼續談。』

身為姊姊的嚴肅在此刻正確的扮演，究竟我是生氣小妹的感情紊亂？還是替信修感到難過委屈？

就算她說的都是事實，就算我這般魯莽的回嘴，中止了我們的對話，我清楚的知道那是挽不回什麼的。

妹妹就是那樣的女生，越活越陷入自我的世界，哪個女人不是這樣拿條繩子自己纏自己。

女人啊，除了自溺，更熱愛自纏。

我清楚知道妹妹她沒有足夠犀利的邏輯想法，能夠轉換成語言去攻擊別人，就像此刻我無法取信於她的敘述一樣。

或者妹妹跟我說這些事情算是某種炫耀？又或者妹妹想要爭取我羨慕的眼光？還是平凡得像以往歲月裡對我的撒嬌？

我無發分辨她跟我説這些事情的語氣，是開心得意？還是慌亂焦慮？無法分析那些不明的歡快語氣，我甚至不確定這是否真的代表了她的情緒。

妹妹還是用著她那種溫柔兼有的少女嗓音，略微拖長了尾音，聲線柔軟得像她美麗的頸子，像是她的手柔軟地滑過你的肩、你的髮。

她的微笑夾在每一個字的縫隙中，無論語句的內容如何冷靜，她總是能夠這樣讓人卸下心防，沒來由的認同她所犯下的過錯。

不可以再這樣了，她活生生是個被寵壞的灰姑娘。

我丟下她一個人在客廳，逕自走向廚房去幫勇敢料理今晚的大餐。

啜泣聲，越顯薄弱。

妹妹 12

傍晚，五點四十七分，就要夜了。

我躲在房間裡，強迫自己坐在筆記型電腦前，沒命似的寫著打著，究竟現在寫到哪樣的程度？

姊的憤怒，讓我發冷，我是該早有警覺才對，可是多年來我們一直是這樣，無論感情上怎麼變化，怎麼紊亂，她總是願意聆聽，但是，現在已不然了。

簡單的事情，其實最難。

最親近的人，其實最傷。

我坐在一堆文字碎片當中，克制自己不去想嚎啕大哭的畫面，因為我就快要找不到任何一種真實的寫法了……寫小說讀小說，全然不是那麼自在單純的事情。

雖然我有個專業的『責任編輯』，只消他說：『這篇故事的起頭很好！』我就能放心持續的寫下去。

其實正因為自己內心不明，才會不斷的利用文字，自以為只要寫寫寫，就可以澄明自己的心緒，找到揪亂毛線團的線頭，每當寫完一段段又一篇篇，就會像手中握著棒棒糖的小女孩，不自覺開心起來，文字是自我療癒的窗口，我要讓很多女生看見這篇故事，我要讓她們認同，而且是很多很多很多的女生。

只有這樣想，我才能將自己放過，不再去自溺於荒唐的秘密。

『姊，請原諒我，我只是停在一個屬於我的浮散年紀，那些過往都是我最初並且最深的記憶。』

我一字一句打出這段文字，按下發送，在同一個空間裡，寄出這樣的對白給姊姊。

敲門聲傳來，「是我。」這聲音來自我託付一生的男人。

信修悄悄地開了房門。

我看著他。定神的看著他。

他走向我，曲了身，緊緊的擁抱著我：「剛才聽姊姊說，妳今天心情不好，所以躲進房裡寫作，現在還好嗎？親愛的。」

他依舊是暖暖和煦的聲音。

我的過去記憶令我不敢思考，曾經擁有過的那些男人更讓我難以承受。

看著眼前的信修，不停不停的，我們共同堆疊過多的日子，圍籬著你我以外，然後開始舞動旋轉。

公事包英式襯衫蕾絲襯衣保險套紅酒裸身，交雜著你的聲音跟動作。

『可不可以，只是做愛然後再開始愛你？』我不敢開口問，因為他是我丈夫。

每天舔吻你起床，幫你整理衣物，挑選領帶，搭上合襯的領針，還有這些那些你不在我身旁時，我會開始翻洗衣褲，東一隻西一雙的臭襪子，滿床頭的文件資料跟浴室裡潔淨明亮的石洗地板，每次與你在沖澡的小動作，你喜歡幫我清洗，而我會幫你抓抓背沖沖水。

這只是一種簡單又平淡的生活，就是，夫妻而已。

然而，我們都太過於在乎，或者是太過於相愛而已……

所以，我不能，怎麼也不能，讓眼前的他，陪著我沉溺。

「餓了嗎？如果還不餓，我在房裡陪陪妳……」

『沒關係，一起去吃飯吧！』我牽動嘴角，給他應得的微笑。

席間稍晚，對門的奧斯卡先生也來了，他真是名不速之客。

「從來不知道一本小說，特別是耐看的小說，會引起這麼多話題！」奧斯卡看著我。

『帶來這麼多話題？是帶來麻煩吧！』最近市場上某本小說在大眾輿論間產生話題，我沒興致跟他探討這類關於出版的事項，只能隨口應應他。

「她呀，不會去想麻煩不麻煩這件事，她愛寫作就只是想躲在每一篇故事後面跟讀者玩躲貓貓！」信修笑著說，他是為了禮貌？還是為了掩護低落的我？！

「那靈感來自哪裡？」繼續追問的奧斯卡。

「都是她自己虛擬的故事，又或者是讀者間的真實故事，有時候她專心創作時，家人就會協助她搜尋資料，幫忙找一找相關訊息。」信修代替我回答。

「喔！所以妳姊才拜託我帶她去圖書館翻舊報紙，她是在幫妳找尋資料吧？」

『應該不是。』我說。

「喔，不是幫我妹找資料，是我自己要找的……資料。」不知為何姊姊回答的神情緊張異常？！

我看到姊姊的眼神突然飄忽起來。

「那……那則社會新聞是什麼？我還是很好奇，妳為何要找那篇如此久遠的一篇車禍意外新聞？」

奧斯卡詢問姊姊，言下之意，昨日上午他們去圖書館找的資料，是一篇車禍意外新聞？

「那只是篇一般的社會新聞，是我個人想找尋的資料，與任何人事物都無關，所以也請你別再問了。」

我站起身，走回姊姊房間，看見書桌上那淡綠色資料夾，我伸出手，抽出裡頭的一張影印紙。

是被放大影印的一小篇新聞，上頭刊載著屏東的交通意外，一名張姓高中男生，在上學途中被砂石車當場輾斃，雙胞胎弟弟跪地痛哭……

那場交通意外死亡的人是阿樂，是我的阿樂。

姊姊

絲毫不顧在場所有人，妹妹突然跑回房裡，信修擔憂的眼神隨著妹妹的身影移動。

當我站在房門前，一切已經來不及，以為這張小小的影印紙，會妥貼的躲在資料夾裡，但是昨天從圖書館拿回來後，我忽略了這件事情對妹妹的影響，本想找個機會拿出來慢慢跟她說，隔不到一天就被她意外發現。

『妹，我……只是想要求證。』

「妳求證什麼！」妹妹蹲在地上蜷縮著。

『是妳跟我說一個阿樂，後來又變成兩個阿樂，然後阿樂意外過世，接著又是阿樂跟妳離家出走，那麼混淆的阿樂阿樂阿樂！我總是想要釐清究竟是怎麼一回事。』

「所以妳才費盡千辛萬苦去把這篇車禍新聞找到，影印了下來隨時可以提醒我這個幼稚又可笑的妹妹！」她哭著，信修走向她，輕輕的抱起顫抖的她。

「修，可以拜託你一件事嗎？你先回去好嗎？」妹妹推開信修的雙臂，口氣冷淡。

「我不問妳也不吵妳，但是不要讓我先離開，妳這個樣子，我不可能放心回家的。」

「我拜託你先回家去，因為、因為……我手上拿著的，是你所不知道的，他他是我最愛的人。」

信修聽聞後，眼神空洞，站起身來：「那，我先回家了，如果想回家，隨時打給我。」轉身離開房間前他看著我：「姊，就麻煩妳了。」

看著信修紅著眼眶離去，奧斯卡帶著勇敢回去對門，空間裡只剩下我跟妹妹。

『妹，都已經是過去的事情了，妳這樣信修會很難過，妳何必這樣對他？』

「我不想再欺騙他了。」

『妳為什麼這麼固執？現在妳難過有任何意義嗎？阿樂已經過世十年了！難道信修不夠完美嗎？那妳又何必嫁給他？』

「我以為自己可以很愛很愛他，但是我卻沒辦法，他完美嗎？多少次我問自己，他的完美是因為妳！」妹妹盯著我看：「從小我就從妳眼神中看到什麼是完美，姊，信修他對妳而言才是完美的吧……」

『我……妳怎麼可以質疑我跟信修！』

「我沒有質疑，妳心裡其實很清楚，信修對妳來說不只是個妹夫而已。」

一切都沒有如果了，妹妹只是希望我給她一個解釋。

也許在很早前，妹妹就已經感受到我對信修的『不一樣』，所以她才會一股腦兒的要跟信修結婚，就像小時候，我學鋼琴，她也嚷嚷要學鋼琴，媽媽帶我去穿耳洞她也急著想穿，她的第一件小禮服，是偷穿我的。

那麼信修呢？

難道當時是她察覺到我喜歡信修，所以她是因為我的欣賞才喜歡上他。

可是，信修他選擇的是妹妹，終究不是我。

再多的溫度都比不上離開的冷空氣，它自私的撲向我身體每一個毛細孔跟費洛蒙。

『信修最愛的人是妳！妳卻這樣對他，甚至還這樣懷疑我跟他？』我不斷壓抑住憤怒。

「妳的心裡都是他，滿滿的，都是他。」

我沒法承認，究竟心裡對信修滿溢出的是想念還是愛戀？

我對信修早已經死心，當初是我輕輕的推開他，抗拒他是件多麼艱難的事，爾後多少個夜裡我有多麼的懊悔，強迫自己吞下所有追悔，只要他能給妹妹幸福，我以後必然會開心，我一定會開心，因為我也只能選擇開心的祝福他們。

可是妹妹竟是如此的對待婚姻。

『這整件事情都是妳的錯誤，是妳自己無稽又荒唐的把傷害往身上攬！』

「是這樣嗎？妳覺得我對阿樂的愛，都是無稽跟荒唐？」

『是！那都是小時候的事情，而且妳也嫁給信修了！請妳記住，妳、是、他、的、妻、子！』

「我跟妳說，愛是永遠無法用理性去判斷的。」妹妹冷冷的丟出這句話。

『無法理性？所以妳就因為無法理性，才懷疑我跟信修，然後這麼殘忍的對待信修！』

「不是！不是！不是這樣。我沒有辦法說出口的事，是你們怎麼樣都無法理解的。」

『我知道，那些都是妳口中說的阿樂，因為阿樂不存在了，所以妳才覺得他完美，才認為自己很愛他。』

「不只是那個阿樂，還有我瞞著大家飛去東京好幾次，我去找另外一個阿樂，自私的跟他溫存，以為他就是我深愛的那個阿樂……」

『去東京？是發生在結婚之後？』

「嗯。」妹妹點頭。

我無法置信，王子與公主美好的婚姻，竟然如此殘破不堪，愛不是永恆的禮物，而是漸漸枯萎的凋零。

我不能諒解妹妹的背叛，更不能理解，既然她愛的阿樂已經死去，卻又能選擇跟阿樂的替代品發生親密關係。

她的邏輯、她的觀念、她的不可思議，已經遠遠的超過我能理解的極限。

「其實，愛不過如此，就如同男人褪去我衣衫一樣簡單的線條手法。」

『我不能理解妳的荒謬理論！』

「那我一口氣跟妳說吧！除了東京的那個阿樂，昨天我有說過，有另外一位男人是個作家，他跟我也有過一段感情，同樣發生在結婚之後！這樣的答案妳滿意了嗎？我就是不知檢點，配不上妳心中那位超完美的信修！」

妹妹說完後，頭也不回的離去，我躺回床上，雙人床上的枕頭總是尋不到一種適合的角度，也許我不應該再翻滾著，也許該換張單人床了。

『姊，請原諒我，我只是停在一個屬於我的浮散年紀，那些過往都是我最初並且最深的記憶。』開啟E-mail看見妹妹剛才大吵前寄給我的信。

妹妹 13

我該回去，還是在街上繼續行走？

十一月末，微寒的台北，我在樓下呆坐，前進後退不得。

姊，如果我靜下來，向妳陳述心中一絲一毫的感受，那麼，或許我就可以從迷離錯亂的世界，跌回到真實的空間，恢復到所謂的正常人。

我們都知道，只有妳能幫我，只有妳可以辦到。

我是應該聽妳的話，該轉過身仔細的看看最近社會上的變動，但是妳比誰都清楚，我是喜歡文字多過螢幕上亮晃晃的影像。

已經好幾年了，我的房間裡沒有電視……

我又該怎麼跟妳說，這樣的迷離錯亂，是我最喜愛的狀態。

有的時候就是會寂寞，無關乎友情，無關乎愛情，無關乎親情。

放縱自己的手指在深夜的鍵盤上喀啦喀啦起伏，一個字又一個字。

信修，我對不起你，從披上白紗的瞬間，我便開始不停的犯錯。

我是個貪心的妻子，貪求你給我愛，可是卻任意將自己滿溢的愛分散給眾多的男人。

姊，請妳原諒我。

妳還記得小時候我跟妳說過的事嗎？親吻的時候，我的靈魂會被對方沒收，然後身上所有的肢體器官都會變成多餘的肉塊，最後只會剩下雙唇，閃耀著銀色光芒，像來自宇宙間迷濛的慧星，撞上太陽瞬間絢爛地炸開，看見耀眼毀滅的火光，那是幸福又帶著情色的親吻，親吻後自己的靈魂就被對方輕易給沒收了、被對方給吞食了。

此時此刻整個世界都是混亂，已經走到這等局面，我是該繼續？還是該切割？

社區附近的路燈昏暗，今天夜裡顯得好沉靜。

現在的我沒辦法面對信修，更沒辦法面對姊姊。

其實多年來自己把自己搞得好累，在這片困頓當中行進，越來越容易沮喪，因為情感的過度飢餓，所以想要互相分享美味的愛情，可是滑入口之前誰都無法判斷，會是美味料理還是垃圾食物？

每個女人無非是妄想多一點愛情養分，我不過是比其他女人還要再多一點點罷了。

美食般的情愛是天方夜譚，越來越無法消化，等我準備好，我想自己會終結一切的。

信修，請給我時間，這一切混亂都會結束的。

吹來一陣風，突然冷得我縮起頸子，身後出現一個剪影擋住路燈的照射。

回過頭，是勇敢站在那兒，手拿著一件薄薄的毯子。

「夜裡氣溫低，這件毯子給妳。」

小毯子遞到我面前，我拿起毯子摀住臉，開始放聲哭泣。

「我剛剛站在對面奧斯卡先生家陽台，看見妳呆坐在社區樓下，我想妳需要一個人靜靜，但是不希望妳著涼。」

『謝謝……你先回去吧！姊姊自己一個人在家，你去陪陪她吧！』

我一邊繼續發呆，看著勇敢離去的背影，想著剛才的他，眼神竟透著一絲成熟，真正成熟後的勇敢會是多麼美好的男人。

想起這些天的早晨，勇敢替我跟姊姊做早餐的模樣，他出現在走廊的那端，逆著陽光，還很細軟的髮絲和漸漸壯碩的身形，散發著柔柔的白光。

那天，我忍不住走過去逗他兩句：『勇敢，想吃糖果嗎？』

想像著他也許會點點頭，張開嘴讓我看看他已經含在舌尖上的糖果。

我看著他像天使寵物般的臉蛋：『你其實是來找我們玩的？』

笑一笑沒說話，然後伸出手，手中捏著兩團小小的棉花糖球，遞給我跟姊姊：「如果吃到好吃的糖果，要記得小心的吃，不然一下子就沒了。」然後說話的他一溜煙的跑開。

老天爺安排他的出現，是為了給我啟發？還是為了給姊姊啟發？

深沉的夜，將現實拉得好近好近，已經無從丈量了。

乍現的事實就這樣嘎然而止。

我終於有勇氣丟掉那一大包關於陌生人的回憶，只是未來一輩子裡，被強迫多了一則故事。

日後想起，極可能會無限的虛空，我不自覺的演了一齣獨角戲，而我自己是唯一的觀眾，姊姊是唯二吧！

她硬生生被我拉進來參與這齣無聊的戲，那是因為，我好怕萬一將來有一天遺失了這段記憶，那阿樂究竟還存不存在？我的故事還能不能繼續？至少，有二姊一起陪著我記得那些回憶。

清晨的台北盆地，我想靜靜的離開沼澤，站起身來，才發現一輛熟悉的車一直沒熄火的停在我不遠處。

是信修，他坐在車子裡，遠遠的、默默的陪著我。

姊姊

勇敢回家已經是兩個小時前的事了，從他口中得知，妹妹正坐在社區旁的椅子上發呆，我想下樓去陪陪她，卻被勇敢制止了。

「她需要靜一靜。」勇敢的叮嚀彷佛說著，就算再親密的家人也需要獨自呼吸的空間。

數算歲月，已經連續數年，我的生命裡沒有愛情。

現在的自己，以俏麗短髮遮蓋過我的青春，不是淺褐色便是紅棕色，適當的妝扮正好遮住泛藍的黑眼圈，心中讚嘆地仰望我的妹妹，隨意的長髮短裙，輕濃粉黛的挽起衣袖，她像是陽光般亮眼，輕纖而美麗。

妹，請諒解我。

孤單一人的情狀，始終都是這樣，好難去更改，從十六、七歲開始，看著妳一次次體驗愛情的酸楚歡樂，每次愛情來襲，妳總是奮不顧身的把自己倒進去，試圖攪拌成一缸又一缸瑰麗的色彩。

我也曾想像過自己可否跟妳一樣勇於面對愛情的來襲，有多少次在夢境裡，頻頻出現二十歲三十歲迷人的男體，那些粗碩結實的雄性動物，我也不怕訕笑和鄙夷的眼光，經歷過多少次在垂淚邊緣中醒來，才發覺自己正悄悄落淚，世間還有太多值得我去好好愛的事物，別因愛情而憂煩，然而事實的困頓依舊不安地煩擾著我。

如果，妹妹是灰姑娘，那也許我是睡美人吧！

睡美人需要王子的親吻才能除滅詛咒，這種類似巫魅的童話故事不可能會發生在我身上，不是因為故事與事實之間的迥異差距，而是這類生命與愛情的神話詛咒，豈可能用一個單純甜美的親吻就解決得了？

隱匿於單純甜美的親吻之下，會是真正的愛情嗎？

還是男人對『美好外貌』本身庸俗的青睞？

愛情之遙，無關年歲，僅是存疑。

『鈴、鈴、鈴！』頭一次聽見對講機的聲響，還認不得這個陌生的聲響。

「妳好！我是住對門的。」

『我知道，你的聲音很好認。』

「我知道這麼晚拿起對講機跟妳說話很沒有禮貌，但是因為我沒有妳的手機號碼，也沒妳的住家電話號碼。我越想越不安，發生這樣的事我猜想妳一定不想再見到我，所以現在我只想透過對講機親口跟妳說聲對不起，是我太好奇太幼稚了……造成妳跟妳妹妹的衝突，真的很對不起。」

聽得出對講機的那一端，他就快要下跪了。

『沒關係，我知道你是無心的。』

「妳回答的話都非常簡短，沒幾個字，是我不識時務，才會釀成這樣的局面。」

『都說了沒關係，我妹妹是創作搖筆桿的，而我正好相反，我從事刻板又規矩的金融業，沒有變化起伏的生活，老得快……』我想，我已經被制約了，已經。

「很擔心妳接下來要怎麼處理這件事？」

『放心，我在金融界工作，一路以來擅長的並非時下熱門的投資分析，或者信貸部門，而是商場上的危機處理。』

「妳好專業……」

『我只學會靠這個養活自己。』

「夜裡比較冷，我剛才拿了一條小毯子給勇敢，他已經拿下樓去給妳妹妹。」

『謝謝你。』

「妳……會餓嗎？擔心妳剛才晚餐沒吃，我煮了一些東西，端過去給妳好嗎？」

『不用麻煩了。』

「不會麻煩，我端到門口給妳，不會多說任何一句話。」

『真的不用麻煩了。』

「我已經端在手上了，而且對講機離大門不到一公尺，離妳家大門也不超過三公尺。」

大門開啟的碰撞聲，細小而尖銳的金屬聲響，被我的耳朵捕捉，從對門傳來變成細細的聲響鑽了進來，輕易地穿透過我的大門。

我聽見了，是什麼樣的程度？

一步兩步三步四步，大門輕掩後，他距離我只有四步，硬質膠底的鞋踏過電梯前石洗的花崗岩。

他的腳步聲沒有拖曳，僅是輕點然後離地，一二三四。

緩緩的聲響，叩叩叩，敲三下。

輕輕的降落在外耳括，接著游移進耳膜裡，聽覺神經傳來口信，被馴養已久的腦袋突然輕震了兩下，又沉寂下去。

大門外，奧斯卡端著墨黑色砂鍋，站立著。

「這是晚上剛煮好的湯，還是熱的。」

隔著防熱手套，我試圖接過他手中的湯。

「不介意的話，我幫妳端進去放桌上。」

『謝謝。』

奧斯卡放好湯鍋，隨即走到大門前。

「晚安。」

『晚安……還是你陪我喝一碗再走。』

「嗯。」

兩人對坐著，兩只碗，兩雙筷，枸杞泛著紅，一點一點鮮明的漂浮在湯汁上，雞肉燉煮著山藥、黃芪、紅棗、百合，敘述著溫柔的食補，深夜三點的寂靜，只聽見瓷器清脆碰撞的聲音，熱湯順著湯匙，滑過咽喉的溫度，醇厚濃郁。

人們有時候不需要語言，就能互相閱讀彼此的真實心意。

妹妹 14

身體是顫慄的，滾燙又溫暖，眼神迷濛，我沉淪在修的懷抱裡，緊緊的。

指尖觸碰身體的剎那，雙唇嚐到激烈的呼吸，兩腿間的潮濕，隱約的香氣竄入鼻息間。

激烈吟聲浪語，在車內迴盪一滴又一滴鹹鹹的汗水，落在我身上，帶著鬍碴的刺吻，濕滑的舌尖，來回舔舐著頸項，鬆開自己的身體及靈魂，造就我深愛的誘人情境。

為了讓他更加深入，不讓兩個人之間有任何空隙，我宛如藤蔓般緊緊攀附著他，整座小小空間裡充滿了情慾氣息，再度墮落到信修絲絨般的懷抱。

夜深的街口，車內泛起水氣，薄霧染上車窗，模糊的性，無法解釋此刻的我，究竟是一種重新的開始?還是一種贖罪的償還?

劃開了愛情，我的身體並不會說謊，酥麻的歡愉，多重的高潮，還是眷戀著信修，這位深愛著我的丈夫。

『修，對不起。』高潮後我忍著淚，輕輕的吐出這句話。

汗濕的他，貼合在我身上，沒有任何回應，是我的聲音太細微，所以沒聽見嗎？

還是，他刻意選擇忽略掉我的坦承？

『修，對不起。』我再次愚蠢的道歉。

這是我幼稚的謊言嗎？就像是國王的新衣，輕易就被看穿。

我想，他也選擇和我一樣，相信著我的謊言，因為他必須要相信我，他只能因為愛而告訴自己非得要相信我，未來的日子裡他可否將這個『相信』，當成是一種賴以維生的工具，甚至昇華成生活必需品？！

時間久了，漸漸會明白，人，本來就是一個習慣被謊言豢養的動物。

「我們回家吧……」修啟動車子，車內薄霧逐漸消逝。

信修選擇不去過問關於阿樂的事情，我更不敢去問信修跟姊姊的情誼，可是我卻清楚的知道，信修對於姊姊的精神依賴，工作上的詢問討論信修會找姊姊，跟我的感情探討他也會找姊姊，是不是因為愛我，所以他必然的需要姊姊這樣的知己？！

他們都是我的愛，只是我很清楚，我怎麼努力也無法像姊姊一樣悉心聆聽，我知道做多少努力信修也無法對我像對姊姊一樣無話不談。

這是我的痛，信修跟姊姊都無法理解。

是不是因為這樣，所以信修選擇寧靜的將我慢慢推遠？

鬧中取靜的屋宅，我們的城堡。

「放心，我們已經回到家了。」

還在玄關脫鞋，信修就打了電話給姊姊報平安。

心裡一股說不上的不舒服，回到家報個平安這是基本道理，不是嗎？

他把深夜晾在路邊的我接回家，是應該跟關心我的姊姊通知一下，我為什麼又會那麼的不安呢？

討厭自己這樣，既然他已經是我的丈夫，既然他選擇跟我長相廝守，既然他最愛的人是我，我為什麼就是會想不開？就是會想不透？姊姊的溫柔跟細膩，是我一輩子都學不來的。

姊姊

從來沒這麼近距離的看過一個男人的背影，正確來說是這個家，從來沒有一個男人待過，更沒有一個男人在廚房裡洗碗筷，捲起衣袖，沖刷著碗筷，這樣的背影，透著溫暖，柔柔的陽剛。

我不禁看得出神。

「妳一直站在那裡發呆嗎？」奧斯卡不經意回過頭來看著我，「洗好的碗筷，要放哪？」

『喔，上面的烘碗機。』

「呵呵……妳真的很不一樣。」

他的這句話好奇怪，我不一樣，他是拿什麼來跟我比較才認為我不一樣，是以前的女友？情人？家人？同事？

『你所謂的不一樣，算是一種讚美還是貶抑？』

「哇，連貶抑這種字眼都出來了！看來以後我跟妳說話都要小心三分。我所說的妳的不一樣是一種特色，算是讚美。」

『謝謝。』究竟有多久沒聽到男人的讚美了？這些年來多數的讚美跟肯定都是來自工作職場。

「妳一直盯著我看，是不是覺得我的背長得很奇怪？」

『你的背很奇怪？』

奧斯卡指了指自己的背，「我的背裡頭有八根鋼釘，陪了我好幾年了。」

『背裡頭有八根鋼釘？哪裡？是因為車禍嗎？』

奧斯卡搖搖頭：「脊椎側彎，很嚴重的反C形側彎，所以我身上有很長的刀疤，在這裡。」他又指了指左側的肚子。

『哇，真的假的？』

「看來我在妳面前真的沒有秘密了。」他轉過身，甩乾手，緩緩的解開襯衫胸前的釦子。

腹部左後側一道淡淡粉紅色，工整的傷疤，超過我手掌的長度。

「妳想摸摸看嗎？」奧斯卡走過來伸出手，握起了我的手，往他的腹部摸去。

他的這個舉動，讓我呼吸紊亂，指尖微顫，僅敢用手指輕微的觸碰，奧斯卡身體的熱度，透過指尖，傳進我的身體。

「別怕，已經不痛了。」他的微笑，跟身體的溫度一樣舒適。

從來沒這樣近距離看過一個人的身體，赤裸裸的坦承出自己的缺陷。

『幾乎看不出來你有脊椎側彎。』

「我算是手術後狀態最好的，加上這些年來一直保持運動的習慣，幾乎看不出來以前的我比現在矮了將近十五公分。」

『十五公分？！』

「嗯，以前的我，個子矮小，根本沒有女生看得上我。」

『所以，你現在是在趕進度囉？』

「只是碰巧身邊女性朋友多，目前還沒有固定的女朋友。」

『沒有固定的女朋友？這句話有語病喔……沒有固定的女朋友，那就是有隨機的女朋友？』

「都是好朋友罷了，我已經整整兩年沒有交女友了。」

『我不相信，你不可能兩年沒有女朋友！』

「我的感情世界乏善可陳，倒是妳跟妳妹妹的事情，比較令我擔心，我的感情世界……這個話題，留待下次再說。」奧斯卡選擇避開這類情感話題。

『其實說真的，我妹從小就是個隨著感性去牽動的女生，理智往往是最後才會出現的東西。』

「是不是從事藝術創作的人都這樣？我認識很多音樂人都是這樣，他們總說無法解釋，像是某個知名的音樂製作人，結了兩次婚，兩次離婚都是回家跟妻子說，我沒辦法再繼續愛了，因為愛已經匱乏了。」

『這樣真的很不負責任，可是又不能說這是對還是錯？或許他們的感知神經已經被開啟到一種無法想像的程度，對於愛情會隨著自己的直覺去行進，絲毫不會去顧慮到責任及承諾。』

「跟這類的人談戀愛，生命很精采，卻又很恐懼；就像畢卡索曾經愛過的女人，每個最後不是變成精神病，要不就是自殺，每一段都是精采又瘋狂的，可是卻毫無未來可言。」

『那要心臟夠強的人才可以跟藝術創作者談戀愛了。』

奧斯卡看了看手錶：「已經很晚了，妳也該睡了，我先回去了。」

送走了奧斯卡，大門外的空氣，好稀薄。

人類真的能夠因為感知神經被過度開啟，就不顧婚姻的誓約而隨性恣意去享受愛情嗎？

這是妹妹在替自己開罪的理由嗎？

夜半電話響起。

是信修來電，他跟妹妹回到家了，原來他一直在樓下守候著妹妹，未曾離去。

妹妹 15

我還端坐在玄關的椅子上，信修掛上姊姊的電話後，一陣靜默，背對著我。

『你還是忘不了嗎？』

「什麼？」

『關於我姊，我二姊。』

「我不明白妳在問什麼？」他依舊背對著我。

我們兩個距離只有三步，卻好似千里之遙，信修的心，是不是在掛上電話那瞬間，每一下的心搏都存在著姊姊？

「我去熱點湯給妳喝。」信修刻意避開這個話題，頭也不回一下的往屋子裡走進去。

對著我的是他的背影，沒有回頭的他，看不見他的雙眼，更無法猜透此時的他是焦慮還是心虛？

我蹲坐在玄關發呆，不發一語。

『我不餓……只是有些話想跟你說。』

「嗯，我知道，但是現在很晚了，我們是不是該去睡了？」

『關於剛才在二姊家我說的話，其實……』

「其實，妳可以不用跟我說。」信修開口接起了我的話，他避談這件事情。

『對不起，真的對不起，我不該說那些話的。』

他走到了客廳，終於回過頭看著我。

『修，對不起，那是我小時候的事了。』

「我知道了，很晚了，該去睡了。」他的選擇依舊是拒絕談論這個話題。

從來未曾感受過信修如此固執，他總是很有耐性的對待我，儘管他再忙再累，只要我想說什麼他都會笑著聽我說話，今晚，是頭一次感受到他把心門給關上，拒絕我一再的敲擊，二姊的話題他避開，阿樂的話題他同樣也是避開。

『我想跟你說話，不管你願不願意。』

「明天公司月會，分廠還有很多事情要討論，我應該要去睡了。」

拒絕的牆逐漸砌高了，山雨欲來的凝重縈繞著。

我直視著他，他的雙眼泛著紅，我知道他是疲累的，是他的人還是心？還是兩者都有。

我知道我這樣強迫彼此談開這話題是不應該，顯得自己很幼稚，很不懂事，可是有些事，只要過了這夜之後，『它』會自行演化成什麼魔？不得而知，無法猜解，那才是最令人恐懼的。

只要心裡放進去一塊火磷，加上雷管或小小的星火，就會瞬間點燃引爆，屍骨無存。

『我們把心裡想說的都說出來吧！』

「我沒有什麼可以說的……」他轉過身來。

『有很多話我放在心裡，始終不敢問你，現在我決定要說出來……』

沒等信修開口，我繼續接著說：『希望你不要覺得我奇怪，在我們新婚那天，二姊後來不見了，我看你很緊張，後來感覺到你不只是緊張，還很擔憂，那天……你在休息室一直打電話給她，甚至留言，我都聽見了。』

「什麼？那麼久的事情，我已經忘了。」

『電話中你對二姊說了，對不起，我的婚禮是不是讓妳難受了？』

「我不記得了。」

『我記得小時候的二姊並不會吃桂花釀，後來，我察覺到她會自己吃著桂花釀，因為那是你喜歡吃的東西。』

「這是什麼關聯？我不明白。」

『我知道，一直以來你喜歡的人是我二姊，只是她不知道怎麼開啟心房？』

「我決定要結婚的人是妳，不是她。」

『因為你們無法相愛，所以你就把這份對她的感情埋在心裡，你瞞得過自己卻瞞不過我的眼睛。』

「並沒有，我跟妳二姊是清清白白的！」

『選擇一輩子讓她住進心裡，那樣的愛，才令人恐懼，這點……我很清楚。』

「就像妳跟那個阿樂？」

我點點頭：『或許是。』我深呼吸，信修並沒否認，『只是阿樂已經不在這個世界了。』

「我不介意，因為那是妳小時候美好的童年情感。」

『可是我介意，因為二姊是那麼的好……我怎麼也無法像她一樣。』

「可是我選擇共度一生的人是妳，不是妳二姊。」

我搖搖頭：『真的很矛盾，時間一點一滴度過，我越來越感受到你的心裡始終有她，那個她是我二姊，我又能如何呢？』

「我跟她沒有發生過一絲一毫逾矩的事，現在跟我談這個是為了什麼？替自己開罪嗎？」

『我不知道，只是想把心裡的話問清楚。』

「我明天還有好多事情要處理。」信修離開現場，丟下我在原地，逕自往房間走去。

信修的事業，龐大又繁重的內容，不是我所能想像，從小到大，我沒有正式的去哪家企業工作過，只有大學時去爸爸公司幫過忙，簡單的行政雜事。

是不是我要學二姊一樣，踏出社會經過一番歷練，我才能真正理解所謂大人的世界？！

橫亙在我們之間的無言，比照起剛才車上的激情，瞬間變得虛幻起來……

我還呆坐在玄關，信修突然走出了房間，到儲藏室裡翻找著東西。

「這個東西給妳，我一直不理解當年收到這個東西究竟是什麼意思？我想既然要把事情談開，我也該拿出來給妳了。」信修遞給我一只盒子，打開後，是幾封信和一個深褐色的陶笛。

「對不起，收到這盒子後我曾經打開來看過，然後我選擇自私的把它藏起來。」

淚水盈眶，滴落在手中的陶笛。

「那是快兩年前的事了，有一天傍晚我剛回到家，停好車子，一位老婦人站在我們家大門前，彷彿等待很久了，接著我問她是不是要找誰？她就遞給我這個盒子，說是要轉交給妳的。」

『她有說她是誰嗎？』心想著，她會是阿樂的母親嗎？

「沒有，她只說了，看到裡面的東西妳就會明白。」信修繼續說著：「我記得那天，我當時坐在妳現在坐的位置上，一邊脫下鞋子，一邊好奇的打開盒子。」

信修停下來沒說話，直盯著我看。

『裡頭的每一封信你都看過了？』

「嗯，對不起，我都看過裡頭的東西，所以才選擇藏起這個盒子。」信修接著說：「那時候我很難受，好幾次想問妳，又不知道怎麼開口，也想問妳二姊，但我選擇放在心裡不去問不去想。」

我默然的看著他。

「其實在結婚前，我就感覺到，在妳心裡好像一直住著另一個人……就像妳剛才說的感受般。」信修微微嘆了口氣，繼續說著：「我早有心理準備，所以在二姊家妳那樣的難受，我想是遲早的……」

『謝謝你幫我收起來。』

「其實每個人心底都會有無法開口說出的秘密，是誰也不能說的秘密，會帶著一起進棺材的秘密。」

『那……二姊是秘密嗎？』

「不算了，早在決定跟妳結婚前，我們就已經談過了，也談開了，彼此祝福對方，才是對的。」

『不會有遺憾嗎？』

「既然連在一起都沒有辦法，又何必去想那些假設的遺憾呢？」

『當你看到二姊，難道心裡就不會油然地升起一絲絲的惋惜？』

「我何必去惋惜呢？既然我已經選擇跟妳白頭到老，就不會惋惜。」

『這就像紅玫瑰與白玫瑰。』

「妳說的我懂，張愛玲的，我知道，得到了紅玫瑰，最後很可能是牆上的一抹蚊子血，換成得到了白玫瑰，也可能變成衣領上的飯黏子，妳的意思是這樣嗎？」

『嗯，得到了哪個女人，哪個女人就變平凡了……』我說。

「不是這樣的，沒有那麼淒涼唯美，那是文學小說的浪漫世界，在真實的生活裡，重要的是我選擇跟妳在一起，結了婚，一起生活，一起累積堆疊，美好的，開心的，流淚的，那些點點滴滴，都不是假的，都不是平凡的，是一輩子的！」

我手中還放著盒子，聽到信修的話，真實的敲擊著我的心，我是愛他的，深刻的愛著，不是虛假。

「妳慢慢看那些信，我會等妳把一切都放下……晚安了，我先去睡了。」

信件，一封封，怔怔的躺在盒子裡。

姊姊

昨天夜裡，怎麼也無法安穩入睡，噩夢頻頻，小時候父親對母親殘酷的記憶，在夢境中寫實的呈現，當時的我是老么，不是二姊，許多個夜裡父親對媽媽肢體的傷害，怒罵斥責的吵鬧聲，夾雜著家中器皿四散撞擊的聲響。

大姊緊緊的握住我的手，剛開始姊姊會對我說：「妹，不要怕，摀住耳朵，不要聽……」漸漸的，大姊會說：「妹，不要怕，摀住耳朵，不要聽，其實爸爸平常不是這樣的，他一定是遇到什麼不開心的事。」

「妹，不要怕，摀住耳朵，不要聽，爸爸不是故意這樣對媽媽的，其實爸爸是很愛媽媽的。」

「妹，不要怕，摀住耳朵，不要聽，媽媽很勇敢，她不會有事的，等一下爸爸累了就會睡了。」

「妹，不要怕，摀住耳朵，不要聽，媽媽一定會想出辦法，她會跟爸爸說這樣做是不對的。」

「妹，不要怕，摀住耳朵，不要聽，不管爸爸媽媽怎麼了，我們姊妹倆會一直在一起。」

「妹，不要怕，摀住耳朵，不要聽，有一天等我們長大，我們就可以離開這個家。」

當時的我在心底一直呼喊著：『有誰可以救救我們？有誰能夠救救媽媽？』

我跟大姊豎起耳朵聽著父親對母親的殘暴，我們清醒著，牆上還掛著偌大一張和樂融融的全家福照片，尤其是『父親』這個人物，無形中畫上了遙遠和恐懼的符號。

自從那時候開始，我便對愛情產生了恐懼，愛情並沒有魔力，也沒有攜手走到最後，永遠都得恐懼著能愛到多久？

我跟大姊像兩隻瀕死的小動物，在夜晚的驚慌下殘喘著，無人知曉。

◇

妳還記得我嗎？我是阿樂。

離開妳家之後，我跟著媽媽搬回屏東，屏東是個陌生的城市，自行車成了我每天與外界連結的媒介。

來到這裡，重新看待周遭的一切，母親、父親、雙生弟弟，這就是我的家人，一直沒跟妳說，父親跟母親離婚多年了，我跟著媽媽，弟弟跟著父親。

這是第幾封信了？知道妳的地址，卻始終沒有勇氣寄出，我們像是老掉牙的童話故事，青梅竹馬，女富男貧，身分懸殊，我所隱瞞的是沒有人知道我是這麼的依戀著妳。

寫到這裡妳會笑我嗎？

我想，沒有人能理解從十一歲的懵懂到十三歲的青澀，短短的兩年七個月，從媽媽帶著我到妳家幫傭開始，看妳甜甜的笑容底下，躲藏著一個不安定的靈魂。

我知道，妳會是一個不斷飛翔的天使，而我只想好好的守在這裡，等候著妳的停歇。

如今一切都成為幻想，我犯的過錯，釀成我跟妳分離的主因，每次空氣中吹起溫暖的風，每當檸檬香氣瀰漫時，每個夜裡飄起桂花香氣時，妳，就住在我心裡，未曾離去。

◇

這些日子以來，妳過得好嗎？

有妳家的地址，可是始終沒勇氣寄出這些信，一直期待著有一天妳能夠讀到這幾封信。

這兩三天看完了一本書，是吉本芭娜娜的《廚房》，書裡描繪的一切很適合妳來閱讀，這是一個講述『失去生命中重要的人』的故事，姑且不去驗證故事中惠理子的性別轉換問題，書中的惠理子她身上洋溢著陽光一般豐盛的生命力，讓處在生命灰色裡的主角不由自主的被吸引，被她感染。

終究惠理子是個熱愛生命的女人，我知道妳也是，妳身上散發著一道光芒，無法隱藏，這是我所欠缺的，也是我從妳身上看到的渴望。

我很喜歡書裡的一段話，很簡單又有意思，『一個人要想真正獨立，最好去弄點兒什麼養養，比如撫養孩子啦，種盆花啦！在這過程中才會看清自己能力的極限，然後才能有所作為。

『不過人在生命的歷程中，不徹底絕望一次，就不會懂得什麼是自己最不能割捨的，就不會明白真正的快樂是什麼。』

所以惠理子的生命能量，正是經歷過死亡而全然釋放出來的燦爛光彩，就如同浴火鳳凰一般。

妳也是，我也是。

期待有一天妳也能看到這本書。

◇

屏東的日子很單調，簡單的只需要幾行字就能帶過，起床，上學，回家，作業，晚餐，就寢。

這就是我的生活，極度空泛。

媽媽希望我多出去走走，別整天窩在家裡閱讀，我想北上，我想考上台北的學校，只要能離妳更近一點就好。

或許有一天，能夠再跟妳相遇，到那個時候，期待妳我能夠重新開始真實的存在。

◇

台北的一切都好嗎？不去數算時間，搬回這裡都已經過了整整一年。

我長高了很多，妳呢？會不會我們再見面時已經互相不認得對方了？

手邊沒有任何一張妳的照片，是一種遺憾，同時也是一種美好，妳的影像烙印在我腦海裡，笑容是一樣的甜，睫毛是一樣的捲翹。

今天班上老師跟我談了一下，他期待我好好考試，覺得我的成績可以順利考進北部的好學校，這樣的好消息，第一時間跟母親說，再來就迫不及待想跟妳分享。

從這個月開始，我會搬去跟父親、弟弟一起住，因為媽媽又要離開這裡去其他的地方幫傭，要開始重新學習如何跟自己的父親和弟弟生活相處。

還是一句老話，希望妳在台北一切都好。

◇

最近多了一項工作，就是每天晚上陪弟弟複習功課，他很天真，很善良，很慶幸自己有一個好弟弟，他跟我長得很像，只是個子比我高了兩公分，因為他喜歡運動打球，而我喜歡閱讀寫字。

我會告訴妳這些生活上的點點滴滴，是希望妳能夠知道這段時間我的生活，不讓分離的期間留下空白，想讓妳更清楚知道我的所有一切。

這些是我寫給妳的信，同時也像是我的日記。

弟弟今天晚上發現我在寫信，開玩笑胡鬧的奪起我的信紙，他想知道我在寫信給誰，我無法解釋收信人是誰，畢竟這是一封封不敢寄出去的信件。

後來我慢慢的跟弟弟說明當時母親在台北幫傭的工作，敘述我怎麼搬進妳家，怎麼跟妳認識，怎麼在每天下午跟妳一起相處的日子，過去的點點滴滴，彷彿又重現我眼前。

每天下午的院子，我們的時間是靜止的。

◇

完整的兩年了。

妳應該逐漸脫去童稚的樣貌，轉變成亭亭玉立的女孩兒了。

我也已經超過半年時間沒見到母親了，最近在電話中得知她除了幫傭的工作以外，晚上還兼了一份餐廳的工作，直到今年我才知道，原來我父母舉債甚多，因為家裡財務困境才走向離異這條路。

這是妳無法想像的，自小妳就生活在無虞的環境當中。

是我欽羨的狀態，也是我一直覺得遙遠拉開我們的原因。

弟弟很愛聽我敘述那兩年多在台北的生活，聽著我說你們家光是洗手間就有七間之多，客房居然有四間，更不用說娛樂空間，我喜歡妳父親規劃的娛樂休閒室，可以聽音樂，可以玩電視遊樂器，還可以在那裡偷畫畫！

妳應該不曉得，當你們全家出國旅遊時，我就待在那個房間裡，用著妳父親的畫架開始畫畫，我畫了好多連自己都不知道主題的畫，剛開始都是用自己的水彩顏料，後來大膽的去美術社買了油畫材料跟工具，還買了油畫入門的書籍，自己胡亂的鑽研起油畫來。

那是你們那年去歐洲旅遊的事了，我記得你們去了整整二十六天，整個暑假我都讓自己沉浸在繪畫的世界，我所知道的歐洲很簡單，講得出國名卻想不出畫面，只知道都是過去歐洲貴族的古堡又或者是老式建築街道，我只能想像著妳可能正在巴黎鐵塔附近，於是就沒目的的畫起了巴黎鐵塔，很幼稚吧！

現在自己的繪畫進步許多，用色跟構圖更加純熟了，未來很想報考美術相關科系，或者文學方面的科系，其實音樂方面我也很有興趣，可惜從小沒有學任何一項樂器，只會拿著陶笛亂吹一通。

說了這麼多自己的興趣，但很擔心自己是個男生，就讀這一類的學系會不會讓人感覺很文弱？妳覺得呢？我很想知道妳喜歡的科目是什麼？未來妳想要往哪方面前進？

◇

今天母親回來了，只能待三天。

跟母親談了很多自己的想法，她很反對未來報考大學選擇那些藝術相關科系，她沒生氣，反而很細心的對我分析，學藝術確實無法安穩的謀生，再者學費很昂貴，她恐怕負擔不起，我跟她說我自己可以半工半讀完成學業，她沒說話只是沉靜的思索著。

我知道自己又帶給母親困擾了，我應該要審慎的考慮，是否該放棄自己熱愛的藝術科系，然後專心往商科邁進。

但是心底有一股巨大的聲音拉扯著我，往商科走是條安全的道路，可是將來很可能會不快樂。

妳呢？將來的妳一定可以選擇自己有興趣的道路。

我在心底一直默默的祝福著妳，一定要快樂平安。

後來我們話題談得很廣，我問了母親可不可以北上去找妳？她的神情很訝異，彷彿我正在敘述著兩伊戰爭，遙遠又不相干的戰事，蕞爾小國不再過問才是正確。

兩個關於未來最最重要的想望，都被猛然澆熄，我開始陷入了無止盡的虛無。

◇

這是第幾封信了？這些天我過得萬般難受，母親擅自幫我整理衣物，偶然發現這些信件，竟然一一將它們撕碎丟棄，我極度氣惱，我想妳從沒看過我生氣吧？我自己都被自己嚇著，頭一次跟媽媽爭吵，後來媽媽落淚了，她沒說話，只是默默流著淚，她離開前，我跟她說了對不起。

我的心空了，之前寫給妳的信，不知道被撕毀了幾封？仔細想想，這些信都只是寫給自己看的吧！期待妳能看見的願望，隨著變成廢紙屑而淡化了。

不過矛盾的是，既然我說了淡化，卻還是提起筆繼續寫，原來，這已經成為我生活的重心了，是我的一部分了。

妹妹16

姊姊沒把這些信全數看完，翻閱了大半之後，她停了下來。

「我沒辦法再看下去了，妳為什麼要拿這些來給我看？」

『姊，希望妳不要生氣……這都是阿樂當時寫給我的信。』

她將盒子往前推，靜置在我面前。

「事情都過去了，不是嗎？」

我點點頭。

姊姊

其實經過了昨晚，自己內心已經原諒妹妹了。

盒子裡一張又一張的信紙，全都是泛著淡藍色的信紙，好令人憂傷的生命痕跡。

接著，我將整個盒子裡的信件全數倒出，刻意帶著一點憤怒，信紙像一整本散開的書掉落在桌面。

最後落下的是一張厚厚的卡紙，純白色。

我翻到正面，是阿樂的訃聞。

紅色的『聞』字斗大的印在慘白的紙張上：

家門不幸薄禍延長男永樂名生於六十六年五月六日寅時 陽壽十七歲

不幸於十月二十七日未時亡

慟忱悲切涓十一月五日辰時祭典出柩還山辱在

懿戚親友　　謹訃

以聞

反服父 民政

愚弟唯樂　泣血

坐在面前的妹妹一滴淚水都沒泛出，她早已知道阿樂過世的事情，只是這張紙驗證了一切都是既定的殘酷事實。

「等一下陪我出去走走吧……我想把這些關於阿樂的一切都燒了，徹底的從我心裡了結。」

沒有交通工具的我們只好麻煩對門的奧斯卡來接我們。

抵達山區時，天空的雲開始堆漫起來。

我不知道妹妹有沒有把盒子裡的信都讀完？

「阿樂有好多夢想，來不及實現，他到離開之前都希望著能到台北跟我再見一面。」

『很遺憾……他才十七歲。』

「不會遺憾了，他的生命，我會替他好好過完，他一直祝福著我能快樂平安，我想，可能連信修的出現都是阿樂在天堂眷顧著。」

『妳能這樣想就好了。』

「我寫了好多關於愛與不愛的故事，突然覺得自己好膚淺，其實幸福很簡單，只是自己一路以來越活越自我、越活越自私。」

『妳別這樣想。』

花。

「其實，我拿這些信來給妳看，是有原因的。」

妹妹拿起幾張信紙，從角落點起火，火光在陽光下顯得渺小微弱，甚至看不見一絲火花。

像阿樂早逝的生命，連星火都來不及燦爛就極速消逝。

『什麼原因？』

「關於妳跟信修……」

『我跟信修？妳又要開始陷入迂迴了嗎？』

「看著這一封封信化成灰燼，我跟阿樂連一句互相喜歡的話都沒說就結束，就連初戀都稱不上，所以是該看開的……」妹妹回過頭來看我：「所以，妳跟信修是否也跟我和阿樂一樣存有遺憾？」

我搖頭：『我不懂妳在說什麼？我跟信修什麼都沒發生過。』

「姊，不要壓抑自己的感受，我都可以理解，只希望妳真正的對我說出心裡的感覺，那對我們才是解脫。」

我靜默，講不出一句話。

「其實一直以來妳對信修是有感覺的，我都感受得到，我不會生氣，因為妳是我姊姊，我知道妳的好，知道妳的善良，所以才想跟妳好好的把心裡的話談開。」

『他已經是妳的丈夫，我的妹婿，我不會再多想什麼。』

「就像我跟阿樂，我從來不會去否認心裡的感覺。」

『妳的不否認已經傷害到信修了，難道妳不知道嗎？』

「妳的否認也同樣傷害到我，難道妳沒有感覺嗎！」

右手在這瞬間不聽使喚，往妹妹的臉頰揮去，『啪！』巴掌聲響亮，我結實的揮了妹妹一巴掌，『我不懂，從開始到現在，我跟信修都沒發生過任何關於感情的事，妳是從何而來的傷害？！』

妹妹的臉頰發紅：「妳的眼神、妳的關懷、妳的走不出來……我都看見了，對我都是一種傷害！」

『從小妳的無理取鬧我也就認了，因為媽媽天天提醒我，要我對妳這個妹妹加倍疼愛，可是現在的妳已經幾歲了！還在這裡跟我無理取鬧，陪妳上山來燒信，是因為我看到了一份真情，但是妳不斷的質疑我跟信修，真的是太過分了！』

「姊，我不是在逼迫妳承認，只是要妳說出來！今天下了山，就當作什麼都未曾發生過，我只是希望妳說出來，會對妳好過些。」

『對不起，我不應該動手……但是我應該對妳說些什麼？說我都是基於工作專業的原則，怎麼樣都不可以逾矩跟客戶發生感情！是這樣嗎？多年來我贏在工作，卻也敗在工作，妳能懂嗎？』

「我懂，妳是我們家裡最有安全感的，因為妳對原則的堅持，才造就今天的妳。」

『從小我只知道，不可以的事情，無論發生什麼天大的狀況，不可以就是不可以。』

「妳太過度理性了，所以才會這樣把真實的自己永遠埋藏起來，不是嗎？」

『真實的自己，已經不再重要了。』

「妳是很好的女人，值得被人好好珍惜跟疼愛，我承認在精神上跟心靈上，妳跟信修是同類人，所以才會如此靠近，我不難過，因為妳確實可以給他，我所不能給的。」

『這一點都不重要了，當妳出現的那一刻，他的眼睛裡只有妳，而我只是他的知己，無話不談的知己，妳知道嗎？這些年來，我跟信修的話題都是圍繞著妳，難道妳不懂嗎？妳才是他的最愛。』

「我明白，可是信修他卻是我最親愛的姊姊，也就是妳……他是妳的最愛。」

我的淚水，瞬間溢出：『這些都不重要了，我早就已經消化掉自己的感覺，只希望妳跟他幸福，妳是我最寶貝的妹妹。』哽咽聲夾雜著話語。

「我們都好好放下吧……」

『走吧！奧斯卡在車上等我們很久了。』

回到市區正是晚餐時間，奧斯卡提議先吃個飯然後再回家。

已經將近兩年沒吃麻辣火鍋了，雖然此時接近年底，可是台北的氣溫還是很高。

然而此刻的我們確實需要麻辣鍋，當藏紅色的湯汁在鍋裡滾燙的冒著泡泡，不見底的色澤，濃郁又令人畏懼，舀上一口放入口中，明知麻辣燙，可是卻又一口順著一口，汗水淚水夾雜在一塊兒，重量的味道，是妹妹跟我療癒傷口的熱度。

她那般的荒唐，我是否也隨之起舞了？

不得而知，沒有其他的理由，只因為她是我妹妹，我親愛的家人。

「不好意思，沒能請妳們姊妹倆吃什麼高級大餐。」奧斯卡趁著上廁所偷偷去櫃台買單了。

「又沒有要你請客！」妹妹說道。

『今天臨時拜託你載我們去山上走走已經很謝謝你了，你還請我們吃飯。』

「應該的，總覺得有些事情是我挑起的。」

「別把自己說得那麼偉大！」

「呵呵……我可沒說我偉大，只是今天能跟妳們兩姊妹一起共進晚餐，是我的榮幸，真的很開心。」

『這頓晚餐，感覺好像少了一個人？』我問。

「誰？」「誰？」妹妹跟奧斯卡不約而同。

『勇敢啊！』我倒入了青菜，笑著說：『我們在這裡吃麻辣鍋，可是卻丟勇敢自己在家，好歹他是妳徒弟耶……』

「對喔！我都忘了勇敢這小傢伙了，不過……他說他要當我們姊妹倆的寵物，所以沒關係啦！等一下Doggie bag給他就好！」

『Doggie bag？妳還當他真的是寵物呀？』

「什麼Doggie bag？勇敢是寵物？」奧斯卡八成覺得我們姊妹瘋了。

「好啦……英語課時間到，Doggie bag就是餐廳給客人打包沒吃完的袋子，就好像把沒吃完的食物打包回家給寵物狗狗吃，所以才叫Doggie bag。」

「我當然知道Doggie bag是什麼，只是不了解妳們一直說勇敢是寵物？」

「是他自己跟我說要當我們姊妹倆的寵物。」

『我總覺得……勇敢好像要跟我說些什麼？還是他有什麼事情或秘密要完成之類的。』

「那我們打包後就回家吧！」

車上我們聊著台北、聊著上海、聊著東京、聊著巴黎、聊著紐約，就是不再提起關於任何人的故事。

那些因為交會而產生的火花，過往的璀璨，就讓它像流星般消逝吧。

妹妹 17

『勇敢，你一直待在家裡沒出門嗎？』一進門我就問著坐在沙發上看書的勇敢。客廳的燈沒打亮，顯得勇敢的臉都是黯黑，他沒開口只是搖搖頭。

『我們打包了麻辣鍋回來，我倒出來給你吃，對了，你自己沒翻冰箱找點吃的先墊一下肚子嗎？』

「沒有，我不餓。」

『你一直在等我們回家嗎？』我是他的師傅，有義務跟責任要關心一下勇敢。

「沒有，我一直在看書。」

『不會無聊嗎？』

「不會。」

二姊從進門到現在不發一語。

神情顯得凝重，想必是剛才在山上的話題令她情緒低落吧。

勇敢放下手中的書，突然抬起頭，看著二姊，我也看著她。

寂靜。只剩下牆上我帶來的那座時鐘，滴答滴答。

『很晚了，我先回去好了。』

「姊姊，等一下，我寫了一些東西要給妳看。」很少有人形容自己寫的文字叫『東西』，以我而言，多半會稱之為文字或者文章，但是勇敢說自己寫的東西叫做東西。

勇敢很快的拿起桌上的幾張紙，乾淨的筆劃，手寫的痕跡。

【Darksome sister】是文章的標題。

『Darksome sister?微暗姊妹嗎?』

「嗯，我取的名字，是我第一次創作的長篇故事。」勇敢講完後看著我跟二姊。

這下我們懂了，微暗姊妹指的是我跟二姊。

『介不介意我帶回去慢慢閱讀?』翻了一下大約八、九張稿紙。

二姊在我跟勇敢對話之際，逕自走向廚房，把打包回家的麻辣鍋倒進鍋子裡。

然後，話也沒說的進了臥室。

我在鞋櫃旁看著她一舉一動，然後開了大門，離開。

我並沒馬上回家，信修今天會夜歸，我躲進一家二十四小時的咖啡廳。

晚上喝咖啡真的很冒險，畢竟自己的身體對咖啡因很恐懼，尤其過午之後，往往喝了咖啡就會睜眼到隔天早晨。

晚間十點半，我還是傻傻的點了一杯Latté，坐在靠牆的單座沙發上，開始閱讀起勇敢的文字。

《Darksome Sister 微暗姊妹》

她們兩個姊妹，其實還像孩子，

並且，是兩個一直在找糖的孩子。

她們外表是成熟動人的，姊姊內斂冷靜，妹妹天真熱情，
兩個人的總合，蘊含所有完美女人的特質。

妹妹像是彩虹的起點，姊姊是彩虹結束的終點。
雨後乍現的清麗彩虹，跟漸漸轉晴後消逝的彩虹，
都各有她們迷人炫目的畫面。

我說了，她們兩個是在找糖吃的孩子，
而且是努力認真地在找尋全世界最好吃的糖果。

認識她們，是在一個夏天結束的午後，
傍晚的馬路還蒸騰著人們的血液，
我先遇見了姊姊……

勇敢的文字，又激起我心底的震撼，很明顯的這兩個姊妹，是他眼中的我們。

我看到了他筆下的形容，所謂的天真又熱情的妹妹，雨停後乍現的彩虹？是我嗎？像我嗎？

震撼驚訝後隨即來襲的是恐懼，從別人眼中看見的自己，竟是如此不堪，天真的背後我看見的是輕率和不負責任，內斂的背後我看到的是冷酷和不近人情，這是我跟姊姊的缺點，確實一針見血。

故事裡，勇敢賜給妹妹一個初戀情人，高中二年級的甜蜜初戀，不過他筆下的初戀男孩，不像阿樂富含文學藝術氣息，反而是耀眼聰明，攫取眾人目光的男孩，讀著，讀著，反而感覺比較像是高中時期的信修。

我不禁想著，如果當年，我遇見的是高中時的信修，而非阿樂，那麼，我多年來惦記著、難忘著的人，會不會就是信修？

時下每個女人，都曾經跟我一樣矛盾嗎？

是該放下了，纏繞十多年了，該真實的從心底放下了。

從第三人稱的角度去閱讀自己，儘管不全然是自己，但，確實已經清楚的寫出了我的矛盾。

我相信每個人都知道自己的缺點跟盲點，可是每天早晨醒來，我們又會一樣陷進去矛盾跟盲點裡。

每個人都是平凡，每個人都是螻蟻，矛盾跟盲點都是自己給自己找的麻煩。是不是總會在清醒時無聊，所以才會可笑的自尋苦惱？

高中時就已經知道阿樂過世，怎麼還會這樣愚蠢的困住自己？可是自己卻笑不出來，為了什麼？就是因為說不上來才會一直苦苦思索探尋。

『愛情無法定義，更沒有規則跟理論，有的只是篤定。』

這段話是自己以前針對男女愛情所寫下的，如今自己才真正領悟。

好期待勇敢接下來故事裡描繪的我們。

這小子的文筆，還真令人驚嘆。

姊姊

『生有時，死有時，哭有時，笑有時，栽種有時，收穫有時，各按其時，成為美好。』——（聖經傳道書 3:1-11）我多印了一份給妳，不是刻意要這樣書寫故事，只是覺得妳們姊妹倆很獨特，很適合當筆下的主角。

勇敢進房間後在桌上看見一疊紙，上頭貼著一張紙，寫著這段文字，是勇敢的字跡，從不知道他是個教徒。

我看著這段文字：生有時，死有時，哭有時，笑有時，栽種有時，收穫有時，各按其時，成為美好。

是啊，所有一切人事物都是命定好的，無須強求。希望這段文字妹妹也能看見。

我快快的走出房間，可惜妹妹已經離開，勇敢站在客廳看著我。

「妳們是一對很獨特的姊妹。」勇敢說道。

『是獨特嗎？擁有太鮮明的個性其實是很難生存的。』

「或許是，也或許不是，大部分的因素是妳們的心都太纖細了，妳們姊妹倆都愛著彼此、在乎彼此，才會這樣煎熬。」

『其實，我們不是親姊妹，絲毫的血緣關係都沒有。』

「我知道，偶然聽到過妳們的對話。」

『今天，我做錯了一件事……我……打了我妹。』眼淚長年來都與我絕緣，今天卻頻頻的潰堤。

「每個人做每件事，都有其自身的原因，儘管旁人可能覺得是錯誤，但一旦下定決心，做了、發生了，就是去面對，那樣才會是精采人生。」一個十七歲的小男生，說出來的話竟會如此成熟。

『我……』啞口。

「我來這裡跟妳們姊妹相處，也有我自己的原因，我從來沒說。」勇敢看著我說。

是啊，勇敢究竟是為了什麼來到我家？

他比了一個手勢，接著說：「以前的我個子這麼小，每次妳拿鮮奶跟洋芋片給我時，我總是會先抬頭看著妳，妳知道嗎？仰著頭看著妳，妳有個很優雅的下巴線條，我總會看得入神。」

我聽著勇敢描繪著當年的我：「接著妳會伏下身，眼神跟我平行，摸摸我的頭讓我坐在妳的桌前喝牛奶、吃東西。」

優雅的下巴線條？！

極少有人這樣讚美過我，正確來說是從來沒有人讚美過我的外貌，其實仔細感覺的話，連這句話也不是讚美，優雅是一種抽象不具象的形容詞。

從小聽慣了身邊的人頻頻稱讚妹妹『可愛、漂亮、美麗』，轉換到我時總是稱讚『氣質、聰明、善良』。

難道我的內心深處，始終渴望有人好好的用膚淺的語詞來讚賞我的外貌？！

從小一直不斷提醒自己，只要去相信，正面的能量就會出現，正面的正面的……

『那時候的你很乖、很乖，話很少，跟現在一樣。』我接著說。

「我……從那時候就想像著，如果可以的話，希望有一天，當我長得比妳高的時候，我可以用當時妳看我的眼神高度來看妳。」

『用我看你的眼神高度來看你？不是很了解你的意思。』

「就像現在，我現在看妳的樣子，這樣的身高、這樣的高度看著妳，不再只有下巴的線條，還有整張臉，還有妳低下頭去發呆的樣子、開心的樣子、嘆氣的樣子。」

『這就是你一直想待在這裡的原因？』

「基本上，是。」

『聽你一說，我從來沒這樣仔細想過，從不同的高度看一個人時的感受，你……真的很感性，年紀小可是卻用這麼感性的態度去面對一切。』

「可能從小我就習慣沉默不說話，久了自然而然就會用感覺去閱讀周遭的一切，這也包括了妳。」

『很謝謝你這麼重視我這個萍水相逢的人。』

「我其實很想給妳一個擁抱，但是我不夠勇敢。」

『擁抱？可以呀，因為你不是別人，你是勇敢，你不會不夠勇敢的勇敢。』

勇敢站在原地，手微弱的抬了起來，很小心的慢慢張開，看得出他指尖顫抖著。

我索性走向前一步，拉起他的雙手，將自己靠向他的胸懷，側著臉靠在他單薄的胸襟，他心跳急速，很意外的，我感覺到從未有過的溫暖，這個小男生竟然擁有闊達又安全的氣息。

『謝謝，謝謝你的擁抱，正好我今天很需要友誼的擁抱。』

勇敢摘下他胸口的十字架銀鍊子，緩緩的繫在我頸項上：「那……我去睡了，妳有時間再慢慢看我寫的文章，如果不喜歡或不舒服可以跟我說，我經得起人家對我文字的批判。」勇敢緊張的放開我，快速的說完話就跑進房間裡去。

握著十字架，我不是教徒，卻深深感動，原來，我貪戀的是仰著頭看著信修，那優雅迷人的線條，原來，我不怕寂寞，我不怕被愛，我只是孤單罷了，原來，只要去相信，正面的力量就會出現。

妹妹18

整整三天，再過十一分鐘，就過了七十二個小時，信修沒有回家，他整整三天沒有回家，公司留言了，手機留言了，我卻怎麼都聯繫不上他。

信修就這樣，消失。

我不敢跟媽媽說，更不敢跟姊姊說，是我把他弄消失的，我知道，是我活生生把信修從我身邊趕走。

姊姊那結實的一巴掌，打得很正確，或許早在小學四年級的時候，她就該狠狠的賞我一巴掌才對。

我開始恐懼起來，好害怕信修會不會做什麼傻事？可是幾通電話的聯繫，公司秘書說他正好外出、正好在開會、正好有客戶到訪，我知道，信修刻意的迴避我，他採取很強烈的方式要避開跟我的聯繫。

我的婚姻，我一直賴以維生又毫不自覺的婚姻，在此刻就要瓦解。

愛情，是我的唯一，多年來我恣意又狂妄的揮霍著，信修對我的深愛。

信修對我而言就像是身體的恆溫，持衡的保持在均值的體溫，也因為他的愛是那樣的長久恆溫，才讓我無法感覺到失溫會是怎樣的病態。

手機又響了，依舊是姊姊打來，我不敢接，真的不敢接，我不知道該怎麼開口跟姊姊說『信修消失了』。

在內心自言自語著，究竟我該怎麼去面對接下來的驟變，我沒有危機意識，我失去所有判斷，我不知道該怎麼去消解這樣的絕境。

第七十三個小時了，時間殘酷的數著，他離開我身邊的刻度，分分秒秒、越拉越遠。

冬天的傍晚，昏暗的迅速感，讓我畏懼。

叮咚、叮咚，門鈴乍響！我還以為自己在幻聽。

是信修回來了嗎？原來他只是搞丟大門鑰匙，所以才沒回家，跳下床，趕緊去開門。

是姊姊站在門前。

「原來妳在家？打妳的電話都不接，還沒吃飯吧？我買晚餐來，我們一起吃！」

我表情木然，聽著姊姊進門時的連串話語。

「我突然來找妳是因為信修傳了簡訊給我。」

『修？他傳簡訊給妳？他說什麼？』

「他說他要出國幾天，他擔心妳會不知道，請我過來照顧妳。」

『他只有說這些嗎？他還有沒有說什麼？』

「沒啦！他簡訊很簡短，喏，我拿手機給妳看。」姊姊放下手中的東西，從包包裡掏出手機打開了簡訊。

確實很簡短，交代他要出國幾天，擔心跟我說不清楚，請姊姊過來照顧我，還要我放心。

看著簡訊，我哭了，嘴角卻泛出笑容，此時此刻只要知道信修他安全平安，我就很欣慰了，更何況，他還是關心我的。

「奇怪？妳怎麼會不清楚信修要出國呢？」

『姊……』突然從背後抱著姊姊大哭起來，我從小就是個愛哭的孩子。

「妳怎麼了？從剛才就看妳一直在哭。」

『信修他……他消失，他離開我了，他不要我了。』眼淚猖狂地肆虐我的雙頰。

「不可能的，妳剛剛才看到他的簡訊啊，不是嗎？」

『他選擇跟妳聯絡，可是，他卻一通電話、一個字也不留的離開這個家。』

「別擔心，我相信信修很愛妳，他只是想要一個人靜一靜、想一想，他會回來的，他一定會回來的。」

『有可能嗎？我傷他太深了……』

我們的愛睡著了，沉沉的睡著了，冰冷冷、灰濛濛，曾幾何時我的心跳是因為他而存在，我卻毫不自覺，可恨的我，親愛的信修，你是不是不再愛我了？我是不是不再值得你愛了？

我究竟何時才會清醒？我究竟何時才懂得情感的責任？

無效的問句盈滿了心頭，漏逝掉的這三天，不是夢境，是失去愛的寫實，我們的愛深深的睡著了，何時會醒來？沒有人知曉。

「妹，不管發生什麼事，我還在，我會一直陪著妳的。」

『姊……謝謝妳。』

在嘈雜人聲的都市裡，姊姊的懷抱，是寬闊與細緻的總合，閉上雙眼，彷彿時間停止了。

「我們去附近的小公園散散心吧！」姊姊拉起我的手。

我和姊姊扶撐於公園的欄杆上，花圃裡盈滿了初陽朗朗的花朵，我有多久沒感覺到小花野草的香甜了？

我領悟到，未來我的閱讀、我的寫作，那殘餘的遺憾，將永恆的存在。

姊姊

不可思議，信修竟然會搞失蹤？！

很確定的一件事情是『我是他最可信的朋友』，因為他把他最擔心、最牽掛的妻子交給我照顧。

身旁的妹妹，蒼鬱著臉，我有多久沒細細看著妹妹的臉了，柔軟的髮絲，凌亂散落額前，雙眼佈滿血絲，浮腫的眼皮是未哭盡的表徵，鵝黃的薄衫，映著臉蛋更顯憔悴。

我該說些什麼讓她更為好過呢？

『妹，這麼多年了，我有一件事情始終沒跟妳說，妳知道嗎？從小到大所有人給妳的愛從沒少過……』

「我知道，從小我就被保護得很好很好，妳跟大姊都是最好的姊姊。」

『其實，好多事情的發生，存在著另外一面，只是妳不知道罷了。』

「妳說吧！妳很少說故事給我聽，大部分都是我在說妳在聽，我也好想聽聽妳說的事情。」

『我記得小時候，有一天我去上鋼琴課，上完課媽媽去接我，鋼琴老師跟媽媽說，我那天上課很不專心，琴彈得很雜亂，結果下課後上了車，媽媽只是靜靜的對我說，回家後先去自己房間罰站，好好的想想媽咪跟妳提醒過的話。』

「嗯？我不知道這件事。那後來呢？」

『那天回到家，我進到自己房間，發現放耳環的盒子被打開，我最喜愛的那副耳環不見了，可是我並沒有馬上去跟媽咪說，因為我要先罰站，接著，我就聽到門外傳來妳跟媽咪的聲音。』

「那天，是不是就是我叫阿樂幫我穿耳洞的那天？那天媽咪不是帶著妳跟大姊回去看妳們的爺爺嗎？」

『看爺爺是之後的事，但是想說的其實是事情的另一面，或許我根本不需要說出來，畢竟這對大家而言，是一件微乎其微的小事。嗯，那時候全家上上下下被妳流血的耳朵嚇壞了！尤其是媽媽，她緊張到不知如何是好，後來爸媽送妳去了醫院。』

「姊，那妳呢？」

『我，我就在自己房間裡罰站，一直罰站著，我知道，媽媽把我罰站的事給我忘記了，因為妳身上發生了比我更加重大的事件……』

「對不起，姊，我不知道這件事，真的對不起。」

『沒關係，我從沒怪過妳，只是那天我站了七個多小時，我一直想著，原來世界上會有很多突然的事情，是會淹蓋掉自己的，所以，自己並非最重要的，很多時候、很多事情都遠比自己還重要。』

其實，就算故事裡的主角再美好，也是需要綠葉襯托、需要背景映襯，主角才會更顯完美，我在那天，便領悟到我是灰姑娘的二姊，在童話故事裡，是連一句旁白都沒有的角色，長時間下來自然而然也就習慣了，不會比較更不會難受。

家裡如果沒有像妹妹這樣的女孩，何來的精采呢？

我們必須承認，每個家庭總會有一個活得鮮明的傢伙，說難聽一點就是問題製造者。

「我懂，我懂妳要跟我說的是什麼，姊……請原諒我這麼多年以來都活在自己的世界裡，我承認被我寵壞了，現在都快三十了，不知道現在清醒過來會不會太晚？」

『不會的，我一直在等妳長大，而且是真實的長大。』

「姊，謝謝妳。」

『想送妳一段話，這些話是前些天勇敢抄寫給我的，是聖經裡的一段文字，雖然我們都不是教徒，但我覺得很受用，妳聽著：生有時，死有時，哭有時，笑有時，栽種有時，收穫有時，各按其時，成為美好。』

妹妹淺淺的笑了，點點頭時雙眼還噙著淚水。

我跟妹妹始終是彼此的第一人稱和第二人稱，我這樣仰望著，她那般吟唱著，每每看著妹妹怵目驚心的活著，耀眼又散發著光芒的小女人，如今我清楚知道，我很欣喜，很欣喜於自己有這樣一位妹妹的陪伴。

現在是她最脆弱的時刻，我更需要好好的陪伴著她，妹，好好的哭吧！我們要這樣一直疼愛著對方，一直一直……

『我們去吃飯吧！我們還欠勇敢跟奧斯卡一頓飯，不介意一塊兒吃吧！』

勇敢跟奧斯卡在車上等著我們，當情感受創時，需要更多的友誼讓我們得以更加堅強。

我看著妹妹紅腫的雙眼，我想像著，接下來真的長大後的妹妹，她的眼神、她的文字，會有什麼樣的變化？

灰雲遮盡的藍天，也該撥散開了，

我們都要好好的走出去。

That is why we exist, and that is existence.

妹妹 19

看著姊姊從容的收拾我的衣物，她不想讓我孤零零一個人待在家裡。

看著姊姊，我想起以前閱讀過的某本書，是捷克作家赫拉巴爾的《老人家的舞蹈課》，書中描寫著，一對孿生兄弟L及V，他們小時候洗澡時其中一位不幸溺斃了，由於他們倆長得十分相像，洗澡時也都脫換下衣物，家人於是決定擲銅板，出現人頭那一面死亡的是L，出現反面的話死去的就是V。

結果出現人頭，活存下來的V一天天長大，他開始懷疑當初溺斃的究竟是誰？會不會現在走在路上的這個自己其實是L，而真正的那個自己早就已經上天堂？這個問題困擾他許久。

某天他喝了酒，跑去水邊游泳，最後也溺斃了，氣絕前，他終於證明了當初死去的那個人確實不是他自己。

我會想起這個故事，是因為『恐懼』。

很多時候，接觸阿樂、回憶阿樂時，我會被赫拉巴爾的這個故事給混淆，以為自己的很多部分，在那個時候被重疊了、扭曲了。

我老是用蒼涼世故的姿態，把過去的燦華反射成餘光，那麼一切所照射出的都只是疲憊的假象罷了。

信修的離去，足以讓我斃命，越來越走不出那般虛幻的情境，到最後會不會連真實的自己，也是等到溺斃前才會清晰？

天上泛著淺絳色的雲朵，我都快忘了外面的世界有著美好的線條，儘管現實不再亮麗，至少周圍的景致還替我保留些感動。

今天的晚餐，我跟姊姊一起來到奧斯卡家，好怪？！剛才離開前不是說好要請勇敢跟奧斯卡一起吃飯嗎？

怎麼這下子回到姊姊的社區來了？

原來，細心的姊姊早就在外頭採買好今天的晚餐，和式料理整齊的鋪盤在餐桌上，在外頭用餐怎麼也比不上家裡的舒適。

「妳們聖誕節有什麼計畫嗎？」奧斯卡一邊斟著紅酒一邊問著我們。

「沒有什麼特別的計畫，很少有過聖誕節的習慣。」姊姊向奧斯卡點頭致謝意，隨即淺酌一口紅酒。

『現在我的腦袋空白，還沒想到聖誕節怎麼過？如果萬一還是自己一個人的話，應該會待在家裡，或許可以自己弄棵聖誕樹，佈置一下。』

「不錯呀！弄棵聖誕樹才有氣氛，我也應該來弄一棵。」奧斯卡四處張望著客廳及玄關，心底正盤算著聖誕樹要擺哪兒才好。

我突然靈光乍現：『啊！我想到了，我們可以自己動手做聖誕樹呀！』我站起身快步走進浴室裡，拿了一大包東西出來，那是剛才去浴室洗臉時，不經意開櫃子找棉花棒時，意外的驚人發現。

奧斯卡眼見我拿了手中這一大包東西走來，表情變得很詭譎：「妳、妳……拿這包東西出來做什麼聖誕樹？」

「那是什麼東西呀？妳別亂翻人家的東西！」姊姊滿臉歉意的看著奧斯卡。

『你等著看，我會做出一棵絕無僅有的聖誕樹，就放在你跟姊姊家前面，走出電梯門的正前方！』

悲悽憂傷跟舔舐傷口並不適合我，儘管我心底還在為信修的離去而淌著血，但，他最期待的就是我早點走出來，別再陷入無止盡的泥淖裡。

我深切知道，自己的背叛是罪無可逭，剩下的，唯有靜心等待了。

『姊，明天我們一起動手做吧！』

找一些事情來讓自己分心，讓自己不再陷入哀傷的情緒裡，此時的我，清楚的看到周圍的每個人都緊緊的拉著我，讓我免於困頓。

尤其是我的二姊，親愛的姊姊，我愛妳。

姊姊

不能讓同樣的故事，牽引著我們走向同樣的結局，以前的妹妹，她的笑臉已經跟過往不同。

神奇的我們做好了聖誕樹，更神奇的是，這是一棵用牙刷做成的聖誕樹，原來奧斯卡浴室裡的那包物品，是許許多多支牙刷，大部分是紅色、粉紅色、淺紫色，一眼看去就知道是女性朋友使用過的牙刷，數算了一下，總共五十九支。

深綠色卡紙做成的枝幹，上頭插著一支又一支的牙刷，點綴出一棵奇特的聖誕樹。

從那天把聖誕樹擺在玄關開始，奧斯卡就開始忙碌著工作，重要的節日將至，電台工作想必繁忙許多。

直到那天晚上聖誕節前夕，樹上多了一張卡片，是奧斯卡放上去的卡片，上頭寫著：『現在的我才明白這些牙刷都只是裝飾品，期待第六十支的到來，將會是嶄新的一支，也會是最後一支。』

那天夜裡我在信箱裡，收到一支牙刷，是純白色的。

我將這支純白牙刷丟回奧斯卡的信箱中，並且附上一張紙條上頭寫道：『其實很早前我就改用電動牙刷了，你不妨也考慮改用，相信你會喜歡的。』

聖誕節的下午，妹妹新書發表會，不可思議的會場，竟然佈置滿滿的香水百合，連妹妹都不知道出版社竟會如此用心。

後來，我們終於知道，會場的一切是信修再次帶了顆純白的心，決定重新擁抱妹妹。

路，是永遠走不盡的，正因為如此，所以我們必須用從容而安心的步伐走去。

不管再疲憊都還有坐下來喘口氣的餘裕，因為，永遠還會有一個值得我們懸念的對方。

親愛的妹妹，我愛妳。

勇敢

故事寫到這裡，開始疲軟了，我想是歇筆的時候了，頭一次這樣練習創作，才知道寫小說不僅僅是簡單的創作而已，尤其是將身邊朋友的生活態度大膽的編寫成故事。

十八歲的我，是家人朋友眼中的內向男孩，也許是因為那年的一件事，那是無法說出口的秘密，是我跟姊姊的那一段過往，終究，我只是她生命中的一個天使，在她妹妹出嫁的那天夜裡，我跟她的相遇，是個偶然，卻扭轉了我的生命。

當滿山遍野的百合綻放，一簇簇的純白刷淨了所有人的眼簾，有誰會注意到山坡邊小小的綠色蕨類？它們總是躲藏在幽暗底下呀。

故事落筆至此，我也即將啟程，遠赴加拿大。

我不過是那個一夜三千的男孩，

最終，能留下來的，也只有這個故事了。

終

新文學 **45**

微暗姊妹

國家圖書館出版品預行編目資料

微暗姊妹 / 春子 著. 一初版. 一 臺北市：
春天出版國際文化，2009. 08
面；　公分. 一（新文學；45）
ISBN 978-986-6345-02-9（平裝）
857.7　98013607

ISBN 978-986-6345-02-9
Printed in Taiwan

作者	春子
作家經紀	優秀廠一劉玉霖／0988-776610
封面設計	朱陳毅
內頁編排	數位創造
發行人	蘇彥誠
出版者	春天出版國際文化有限公司
地址	台北市忠孝東路四段303號4樓之一
電話	02-2721-9302
傳真	02-2721-9674
E-mail	angel@bookspring.com.tw
網址	http://www.bookspring.com.tw
部落格	http://blog.pixnet.net/bookspring
郵政帳號	19705538
戶名	春天出版國際文化有限公司
法律顧問	蕭顯忠律師事務所
出版日期	二〇〇九年九月初版一刷
定價	220元
總經銷	楨德圖書事業有限公司
地址	台北縣新店市復興路45號3樓
電話	02-2219-2839
傳真	02-8667-2510
印刷所	鴻霖印刷傳媒股份有限公司